人间天真

人间奇文
天真其趣

花如掌灯 著

陕西新华出版传媒集团
太白文艺出版社

目 录

弹　涂 / 001
瓜　纹 / 003
惜　食 / 005
扁　毛 / 009
哼　唬 / 011
大　鱼 / 013
大蒲船 / 016
石佛庵 / 019
锣 / 022
沉　水 / 024

四野食 / 026
黄花与黄瓜 / 032
爆米花 / 034
年糕如雪 / 037
煨　粥 / 040
鱼　羹 / 043
蓼草、酒娘、酒酿 / 046
食　药 / 049
风绿风白 / 051
蚕豆花蕊黑 / 054

芥菜与雪里蕻 / 057
树开花 / 060
山上柴 / 062
木芙蓉与松花 / 064
麦秸秆 / 066
灯　芯 / 068
豇　豆 / 071
梅 / 073
葵　花 / 076
金银花 / 078

夜夜红 / 081

兰　草 / 083

苦楝树 / 085

扫帚树 / 088　　　鱼 / 106

矮　李 / 091　　　鸭子嗍卵 / 109

蝌　蚪 / 094　　　牧　鸭 / 111　　　小外婆 / 134

雪地麻雀 / 096　　村　狗 / 115　　　鬼　豆 / 137

猫叫春 / 098　　　梁上燕 / 118　　　舅　舅 / 139

阉　鸡 / 100　　　雁　过 / 120　　　玄　衣 / 141

鱼　罩 / 103　　　和尚来生 / 122　　舅　公 / 144

　　　　　　　　　羊叫三下 / 126　　贤　恩 / 146

　　　　　　　　　继孟箍桶 / 129　　茄子的儿子 / 148

　　　　　　　　　清　楚 / 132　　　驼　背 / 150

　　　　　　　　　　　　　　　　　　喜 / 153

　　　　　　　　　　　　　　　　　　说　话 / 156

嘴 巴 / 158

酒 徒 / 160

切 骨 / 163

菜 花 / 165

戒 饭 / 167

勺与鹅婆 / 171

木 匠 / 176

好 娘 / 179

弟 弟 / 181

元 亨 / 184

白 眼 / 187

麻 绳 / 190

羞 怯 / 193

大平是猢狲 / 196

亲阿罗 / 199

贱良平 / 203

羊癫与花癫 / 207

好的意思 / 210

小 调 / 213

呆 坐 / 217

听 影 / 220

重 梦 / 222

年 画 / 225

凉 床 / 227

结 绳 / 229

七 夕 / 231

阳 光 / 234

暮 色 / 236

午 后 / 238

春 雨 / 240

旧时雪 / 244

星可数 / 246

雾　霭 / 248　　　灰鳖洋 / 270

炎　夏 / 250　　　和尚山 / 272

骄　阳 / 253　　　寒　溪 / 275

五　月 / 255　　　屋　漏 / 277

鬼是据说 / 258　　清水池塘 / 279

灯笼鬼火 / 261　　隔着水 / 282

活灵西出 / 265　　冷　雨 / 284

绝壁坎 / 267　　　山　色 / 286

　　　　　　　　　寒意与闲冬 / 288

弹 涂

对人来说，鲜美必须有水分，味精除外。味精是对舌头的欺骗，这样的欺骗如今很多。弹涂始终找得着北，人没有这样的本领。

弹涂是一种鱼，水上水下都能呼吸，不善于游泳，善于在落潮的海涂中跳。把弹涂捉来，放在浅缸里养，盖上盖，一夜之后，弹涂们的头都朝北，身子挺直排着浮在水面，条条都睁着青蛙似的眼睛望星空。盖子没有星空。

弹涂的北望，是一种留在基因中的印记，一定有其意义，有巨大的意义。你可以对我不理解，但我们都有意义。人如果有弹涂那样水上水下都能呼吸的本领，将被视为神通。弹涂守在海与陆地的交界处，既不到海里去，也不到陆上来，这也有意思，守候就是意思。还有一种意思是弹涂特别鲜美，好东西才鲜美，是能量饱满的生命。

对人来说，鲜美必须有水分，味精除外。味精是对舌头的欺骗，这样的欺骗如今很多。弹涂始终找得着北，人没有这样的本领。

我在水面上跑。梦中。当时的疑问是，为什么这么多年今天才试，分明这是不难的。清水，跑过去也是清水，只要不停下来，脚下始终是清水。

我就这么以为自己拥有了水上赤脚走路的技能，并赞许自己对水的体恤。我能在水上站着，却选择跑——跑的意思是：这样托着我的水可以轻松些。人在水上行走，是人和水两种事物共同的事，如果仅以为是你在水上走，就是不地道。人们没有想过这些，所以他们不能在水上走路。一直都不想，一直都无法在水上走路，沉是必然的。鱼能，木头能，因为鱼和木头都这样想，铁如果能这样想，铁也能在水面上走，船如今都是铁做的。

所以能不能在水上走，跟质地无关，只跟想法有关。陆地，它迟钝一些，办法有些笨，它只会缩作一团。缩其实也是逃遁，变成球之后，它逃无可逃。人因为渺小，没有看出陆地已经缩成了球。我小舅舅就至今以为陆地不是球，他说：哈哈，陆地是球，人如何在上面站得牢？我小舅舅是脱离了渺小的人，眼界非常大。

地球凭空着，太阳凭空着。"凭空"是什么意思？

瓜 纹

  我的一位前辈，不吃变了形的东西，比如拐脚鹅、反翅膀的鸡等。我是不吃无瓜纹的西瓜，知道吃了也不会有坏结果，但好像担心自己会失去一种把持，会混乱。

  看到西瓜，以前常会沉思良久，是因为它的形状和花纹。许多瓜吃皮，西瓜是吃瓤的，西瓜的皮越薄越好。西瓜皮让人想象最多的地方是最外面的一层，叫翠衣。青翠的底子上，有墨绿色的花纹，这花纹从西瓜开花坐果时就有，是随着瓜的长大一起长大的。

  瓜熟后，里面黑色的西瓜籽是对应花纹分布的。小时候，因为经常看到西瓜而很少有机会吃西瓜，就对西瓜很熟悉，又心生亲切。

  舅舅在和尚山的半山腰种了一块地的西瓜，在瓜地边搭了一个草棚。草棚用松树支起来，其实像一张四面有草帘又有草屋顶的大床。人要日夜在草棚里守着，看瓜防贼偷。守瓜很寂寞，白天烈日炎炎，草棚里呆坐打盹，忽然一阵山风吹来，风也是熏熏的热。夜里山中倒是凉快，满天星斗，虫鸣声四起，草叶凝露，但蚊子多而且大，要浑身裹被单。群星在闪，夏虫在叫，看得久时，会觉得模糊。我现在夜里偶尔抬头看星时，就会在感觉中浮起虫鸣声。

后来挂了一顶蚊帐。有一次我半夜去替表兄，大月亮下，山中孤独搭着一个草棚，草棚里挂着一顶白蚊帐。表兄在蚊帐里点了一支蜡烛壮胆，他又裹着床单坐着，我远远地站着，不敢走近。他颤声喝问：谁？烛被问灭。月下山中冷清幽黑，深潭的水一般。

守瓜田，最胆战心寒的是夜里，会被吓哭。哭也不敢大哭，只嘤嘤地抽泣，无助地。表兄单独在夜里守瓜只守了一夜，第二天哭诉，说是山里的东西半夜打着灯笼潮水一般都压向瓜棚，压得棚顶吱吱响，大胆睁眼看一下，蚊帐四周墙一样垒着一张一张的脸。

中午渴极时，可以许摘一个小西瓜吃。瓜地里的西瓜大大小小一个个睡着，太阳直晒着的熟瓜在中午拍一下就会裂开。我外婆有一把我整个童年都始终不忘的西瓜刀，黑色，一尺半长，祖上传下来的。虽然瓜已裂开，但仍要劈一劈，劈就顺着瓜纹劈，有几条瓜纹切几片瓜，决不把瓜纹切碎。守瓜人选的瓜，瓤鲜红如霞，籽黑如点漆，透沙，雪甜。雪甜，当初就是那么说的，不料汉语没有这个词。

许多年后，有了像冬瓜一样的西瓜。瓜没有了瓜纹，我从来不吃，也一直不能接受。我的一位前辈，不吃变了形的东西，比如拐脚鹅、反翅膀的鸡等。我是不吃无瓜纹的西瓜，知道吃了也不会有坏结果，但好像担心自己会失去一种把持，会混乱。

惜　食

　　羊不必为吃草而种草，低头啃就是了，所以羊的生存是悠闲的，没有愁心，散漫得随心所欲。枯冬，羊干草也吃，一样津津有味，裹着自己天生的皮袄，不知道什么是严寒。这样的衣食无虞，人羡慕，人不能够。

　　如果单以吃论，人是不及许多动物的，比如羊。羊吃草，什么草都吃。羊不必为吃草而种草，低头啃就是了，所以羊的生存是悠闲的，没有愁心，散漫得随心所欲。枯冬，羊干草也吃，一样津津有味，裹着自己天生的皮袄，不知道什么是严寒。这样的衣食无虞，人羡慕，人不能够。

　　荒村的忙碌几乎都是为了吃，一年四季不住地劳作，艰辛苦过牛，但完全吃饱的时候不多，有的人家还要断炊。"断炊"一词如今只能想象。到邻家去借米，这是什么样的心情和脸面？荒村的光阴里常有这样的事，这时候人是连羊都不如的。

　　在荒村，世代家教的第一课就是惜食。掉在饭桌上的一粒饭粒，白得很瞩目，都要捡起来纳进嘴里。有时饭粒嵌在了桌缝里，大人忽地拍桌子，饭粒也惊恐，慌忙跳出来。如果不捡，大人高举筷子在你头顶，说：不惜食，你会遭雷劈的。高悬又立即要劈下来的筷子，有闪电一般的不容，像是借了天威。吃甚至大过天威。荒村俗话：天雷不打吃饭之人。这是对吃的一种尊重，唯吃难得，有怜悯，天雷都容你吃完再打你。

我们从小对吃有"天"的联想，雷雨天做了坏事，内心忐忑怕遭雷打，就会去捧一只饭碗在手里，装成吃饭的样子，等雷声在头顶轰隆隆地过去。

瓜用网兜装了，浸在井中，傍晚捞上来，在石桌子上切开，一人一块。蜜蜂在墙头的牵牛花间嗡嗡嗡，柳树间的蝉时鸣时息。小的瓜我喜欢整个吃，以为整个吃滋味才完整，瓜分了之后吃，便只有瓜几分之一的味道。大如西瓜的瓜没办法，从凉井中出水后，翠生生搁在桌上，用水洗得雪亮的刀背在瓜上轻轻一敲，咯的一声豁开，便是比吃还好的感觉。

另一种很好的感觉是，晌午巷尾屋角的阴凉里，农妇将自家地里的瓜连叶摘来，放在竹箩里，家长里短地闲聊。几个小孩在箩边，边用小手胡乱摸瓜，边抬头问婶娘这瓜甜不甜呀，阴凉里这瓜便被血红地切开，一人亲一口算作瓜钱，猫狗都在旁边看。

吃了可以成仙的东西，据说有千年何首乌、茯苓、灵芝和甘露。黑松的松针上霜似的凝结着糖，我们料想这就是甘露。甘露冬天才有，只有黑松的松针才结甘露，深冬上山，望之雪白，如崖上冰凌。

世上的东西，多不可小看，比如蚜虫。蚜虫不扰人，但可以成群结队地飞如云，它们把蜜吐在松枝上———一说是把屎拉在松针上，结成饴糖，多时可以把松枝压弯。这饴糖入口即化，蜜一样甜，有松枝的清香。粘在松针上的积尘，也一起在嘴里咂，吃后嘴上一圈黑。自己在手背上亲一口，会留下墨黑的唇印。

冬天，我们每天上山找"甘露"，发现了荒村有甘露，以后每个冬天都很甜。

荒村的甘露年年如霜如雪，甜如蜜，这是荒村的意外。

干藤喂牛，牛嚼得满嘴是白沫，站着。牛的眼睛能看清脸两侧不同的东西，耳朵能扑棱扑棱地听动静。牛眼无思无忧，嘴里默默地嚼着。牛棚四面透风，冬天的牛足不出户，嚼枯藤。水牛毛短，黄牛毛长，长也不过及寸。大雪天，牛便卧干草上御寒，白雪映在牛眼上是一点亮光。牛是不吃雪的。

春天，牛食苜蓿——苜蓿人也可吃，成捆成捆嫩绿的苜蓿有芳草气息，牛还是悠悠地嚼，不紧不慢。苜蓿开花时，整个田野都是紫红色，人们给牛吃黄酒冲鸡蛋，牛就被牵出上犁。春耕，一般是在寒雨里，牛踏着苜蓿花，雨水中牵着犁，悠缓地翻耕着泥土，处处是春草和泥土的气息。

初入夜，牛也是提灯时节归来。牛踏路上的积水，如踩碎玻璃，牛踏卵石铺的硬路"嘚嘚笃笃"，后面跟着提灯背犁牵牛绳的人。牛认得伎路，仿佛把人领回家。牛被系在牛栏里，嚼一夜的草，边嚼边站着睡觉，始终不说一句话。

牛是欠着人的,牛绳穿了鼻子。

坡上路边有桃花,牛也不吃桃花。我总觉着世世代代的牛眼里,世界如草芥,小得不能再小,所以没有惊心的事。"哞"地叫一声,或是太阳出来了。

扁 毛

　　一股气使禽兽身上的毛有扁有圆。扁毛的动物会飞。传说天上飞的禽要比地上爬的兽高贵，地上爬的要比地下掘洞的高贵。

　　一股气使禽兽身上的毛有扁有圆。扁毛的动物会飞。传说天上飞的禽要比地上爬的兽高贵，地上爬的要比地下掘洞的高贵。按佛法的分类，水里的生物叫湿生，湿生也分好多种。如果海也是天空，鱼、虾、乌贼都会"飞"，甚至海龟、螃蟹。海岛将螃蟹叫"飞水"，整个身子横在海里穿梭，划出一条很优美的弧线。海龟的"飞"是爬，在水中爬，挣扎状，大多数的气力花在不使沉下去，爬起来很慢，是游泳。大多数鱼都长鳞，鳞也是扁毛。鱼的扁毛像指甲，浑身长满，但排列得很整齐。海里，光滑如鳗鱼者也会"飞"，不会"飞"的是螺贝之类，这是它们存心别扭，身子长得像石子。有的贝干脆就把身子长在石头上，像淡菜，一辈子不挪下。

　　扁毛是羽。比较配套的是鸭子，嘴也是扁的。鸭子在水里浮如船，无数的羽叠在一起垫着水，不会渗漏。鸭子从前是会飞的，野鸭就是鹜。"落霞与孤鹜齐飞，秋水共长天一色"，独鸭。

鸡的漂亮纯是因为那身毛，长长短短还染了色，雄鸡一身华丽，很配司晨。但司晨完全虚张声势，雄鸡不啼，太阳也是会出来的。这样的虚实结合，雌鸡难免要动心。拔光毛的鸡，比乌龟还难看，所以鸡们上床从来不脱衣服。

凤凰也是扁毛，没见过凤凰，最像凤凰的是孔雀。孔雀的排场有些累赘，弄得起居不方便。孔雀开屏的本质是起鸡皮疙瘩，这样的混乱就很不符合逻辑。

哼唬

猫头鹰作为鸟,生了一张猫脸,这已经非常奇怪了,它又像猫一样捉老鼠,又似乎很配长一张猫脸。它会飞,昼伏夜出,夜色中潜行,又无故做深夜长叹,这些都令人惊心。

舟山人把猫头鹰叫作"狠唬",斯文一些也可写作"哼唬",又把棕榈叫作"夜枭树",枭也是猫头鹰。

猫头鹰夜里停在棕榈树上,棕榈树如扇的阔叶间露出一张猫脸来,哪怕这张脸上的眼睛不犀利地盯你,光一眼瞥见夜色里树长了一张脸,都能让你惊叫而逃。半夜,猫头鹰站在树上叫,不是猫叫的声音,是鸟的长叹。"哼唬"不是叫声,是对这种莫名其妙又叫得不是时候的声音的形容。

枭、哼、唬,都能使人联想到突兀而吓人,非正常状态,猫不为之,鹰也不为之,独猫头鹰这样。猫头鹰作为鸟,生了一张猫脸,这已经非常奇怪了,它又像猫一样捉老鼠,又似乎很配长一张猫脸。

它会飞,昼伏夜出,夜色中潜行,又无故做深夜长叹,这些都令人惊心。

我一直对"哼唬"很疑惧,又因为"哼唬",对棕榈树也很疑惧。没有"哼唬"停着的时候,棕榈树在雨夜无风自响,"呼呼呼呼",这很吓人,使人在白天都绕着棕榈树走。

有人说棕榈树是"河水鬼"投胎,因为棕榈有乱蓬蓬的形象,而且还有松松的头发。棕丝是一张张包裹着树干的,棕榈是自己会长衣服的树。叶子也不像叶子,像许多只举着的巨手,绿的,风中抖。河水鬼是鬼的一种,指水中溺亡的鬼,投胎棕榈的河水鬼应当专指女鬼,男鬼没有这种效果,尤其是光头的男河水鬼,无论如何都不可能变棕榈,要变也是变成葫芦。

"哼唬"为什么要停在棕榈树上呢?它们或许仅仅只是想做一种搭配。事实是从未见棕榈树上站过"哼唬",也很少见到猫头鹰。

大 鱼

　　捕大鱼是在夜里，金塘洋面夜里的潮水是响的，捕鱼者都赤着脚。鱼眼睛在夜里会发亮。海乡荒僻之地多杜撰者，说大鱼的眼睛是星，夜海捕大鱼如摘星。

　　石首类的鱼，脑袋里都有一枚白色的石子。从手指大的梅鱼，到大如人身的黄唇、毛鲿，以及居中的黄鱼、白果、黄婆鸡和米鱼，头腔里都有石子，所以叫石首。黄唇与毛鲿在舟山被叫作大鱼，从前是很常见的鱼，产于钱塘江口的黄大洋。钱塘江入东海，就是舟山群岛，滩浒以东。大小鱼山至五峙这一带叫福山洋，福山洋接本岛，其东南水域连金塘、册子的那面海是金塘洋，如今连岛大桥五桥串联的地方，都盛产大鱼。

　　此处水深五十米以上，多礁石、湍流、黄水，大鱼在每年的夏天，不知从什么地方来，游到这一片水域，声声如田蛙之鸣。石首类的鱼咕咕叫，鱼越大声越响，但水域苍茫辽阔，风过水流，平时听不见，只在月夜静海，撑一条木帆船，用绳网把鱼从海底拖上来时，声响不绝于耳。大鱼是半深水鱼类，一拖出水面失压就死，叫声立止水面上，叫了一半的鱼条条张口结舌目瞪口呆。

大鱼一般个头在五十斤以上，上百斤的少，大多数是毛鳘。毛鳘灰黑色，黄唇则通体金黄，鳞甲大逾好汉大脚拇指的指甲。我们从前揭几片大鱼的鳞拿在手里觉着好玩，但不知派什么用场好。捕大鱼取其胶，胶与鱼等价，鱼肉是送的。一百元钱一条鱼，鱼胶就值一百元，光买肉则几分一斤。大鱼肉不好吃，放嘴里柴口。"柴口"是土话，意为干巴巴而寡味。破膛杀大鱼——其实鱼离水就死了，只是破膛取胶。百把斤的鱼，一般都抬到井台，木桶打井水边割胶边冲淋。上百斤的鱼，鱼胶晒干有一斤多，玉白色，扇形。黄唇的胶有双"耳"。破膛后的鱼肉一片一片横截割下，形如蝴蝶，我们叫作蝴蝶肉。这肉红烧、酒醉、盐腌，一条鱼一家可以吃上好长一段时间。

舟山民间，从前谁家生了男孩，就会去"拿"一条大鱼来，取胶藏着，待小孩十六七岁发育时给补身子。大鱼胶的藏法是晒干放在米缸里，日日取米日日见，胶也一年又一年干缩成铁硬石骨，取米时常碍手脚。我出生那年，家里也"拿"了一条大鱼。那时我家在马目，马目山的黄金湾，世代都捕大鱼。一条不大的木船，五六个人，一顶网眼碗口大的粗网，捕鱼就在家门口看得见的地方。捕大鱼是在夜里，金塘洋面夜里的潮水是响的，捕鱼者都赤着脚。鱼眼睛在夜里会发亮。海乡荒僻之地多杜撰者，说大鱼的眼睛是星，夜海捕大鱼如摘星。

每船一夜能捕几十条鱼，鱼用草绳穿腮从船上抬下来，放在海边的石头上，要的人就去"拿"。我出生时家里"拿"来的那条大鱼三元钱，那时候供销社收购大鱼干胶定价也是三元一斤。那条大鱼有一百多斤，后来我家帮城里亲戚弄鱼胶又买过一条，那时我已记事，记得家里天天吃大鱼肉，怕得我看见蝴蝶肉就哭。

我家的那条鱼胶在米缸里放了十六年，其间搬了五次家，还在不知什么时候被老鼠咬去了一只角。老鼠没有把鱼胶啃完，估计不是吃了撑死了就是咬不动了。估摸着要发育了，家里开始给我吃鱼胶。先用淘米水泡了一星期，淘米水是每天换的，鱼胶发软，用刀切开。做法有酒滔与酱滔两种，是一甜一咸两种吃法。滔是民间特有的烹饪法，似乎只在弄大鱼胶时才用，就是加了酒或者酱油用甑隔水蒸，久滔的鱼胶呈果冻状。吃鱼胶补身一般是秋天。鱼胶结冻插筷子可以直立，胶冻割成块状。一次吃不下，吃得下也不能吃，据说会被补倒，于是每天范仲淹食粥块似的，一天一小块，那根鱼胶吃了一星期。一半做成咸的一半做成甜的，用来换口味。

胶即鱼膘，我们小时候认为是鱼游泳时调节沉浮的气囊。如果仅是气囊，鱼犯不着集全身精华做个浮子。石首类的鱼都有胶，不知道鱼们生个胶用来干什么。

海岛风生水聚之地，天宝物华尽生海中。人身大小的大鱼，从前成群结队，现在零落得几年才能偶尔听见。海底深处大鱼有还是有的吧，有也是孤独得很了。

大蒲船

风来海流急时,石首们的脑中石子就会动,石子跳动,鱼们头疼欲裂,大蒲船悠闲地用粗糙的绳网捞头疼的大鱼。

宽松的东西人喜欢,比如赤膊。台风天会有风雨之下的凉意,就在赤膊之外套一件大人的衣服,长可及膝,手伸不出袖管,空袖管垂着,走起路来有浪荡相。赤着脚跑来跑去踏积水,好像每次都是这样的打扮。

大蒲船,正式写法应当是"大捕船",这是木帆船的一种,臃肿粗笨的造型,扁而宽的样子,帆倒有三行,三片篷帆如树叶,扯立起来的时候,船就缓缓而行。大蒲船出海,身后还拖有一条小舢板,像一个大肚子的孕妇走路还拉着一个蹒跚学步的小孩。这样的随意闲适船里面少有,每次看见大蒲船在海上,也总是静和的好天,海上有洁白的莲花云,海面静而湛蓝,视野异常空阔。莲花云是台风将来的先兆,台风去后也有,云是大团大团的洁白,在天上也是很安闲地驰来驰去的。等到莲花云颜色黑沉起来,云就在天上急驰,这样的云我们叫"野猪头云"。野猪头云连绵,云叠成整块,半壁天空盖上黑幕,飓风将至,还有一半的天依然天日朗照,扑面的小风在发际嘶嘶作响,树叶摇曳,大蒲船掉头回港,一只只都正好在途中。

大蒲船拘大鱼,大鱼只有这一带海域有。拘大鱼的网线粗如草绳,这样的大网可以捕小孩。大鱼是石首的一种,脑子里有白色的石子,常见的是黄鱼、鮸鱼、大鱼。大鱼是土名,真名叫鳇唇,还有一种叫毛鲿,可以大到一百多斤,其胶名贵,是大滋补的药,如今贵逾人参。风来海流急时,石首们的脑中石子就会动,石子跳动,鱼们头疼欲裂,大蒲船悠闲地用粗糙的绳网捞头疼的大鱼。台风前后,一天可捕百十来条。石首类的鱼失水即死,剖肚取胶,肉用斧头一段一段地砍开,截面形如蝴蝶,这肉就叫蝴蝶肉。台风季节的大鱼汛,天天要吃蝴蝶肉,还要盐腌日晒,就会没完没了地吃,到过冬还有。

杀大鱼的情景,是在檐下石板地上,风撼雨摇,檐水如流瀑,水跌在地上哗哗流淌。用这样的天水洗鱼,好像也是时令。台风来时屋里闭窗关门掌灯。急雨豆子般打在屋顶门廊,一片水声。雨斜来,随风而飘,风又揭屋掀瓦的,风压屋顶猎猎作响。屋顶是处处皆漏,须用桶、盆来接,漏处多时要用碗,红花碗、蓝边碗,地上到处摆,接漏水的好缸破盆碗碟都会叮咚作响。小孩子逃到床上,穿着大人们的衣服坐拥着,惊恐地关注着屋外的大风雨,不敢出声。大蒲船被系在岸边,在狂涛里摇摆,每次台风中总会逃走几只,或者崩漏了船底,瘫在滩涂上。

风过雨就歇,檐水还在响,天就清白有日头了。溪水横流,池满,缸满,路上潭潭积水,败叶一地。风余意未尽,吹身上有阵阵凉意。暴涨的溪流里有上游冲下来的瓜藤枝叶,番薯只有大拇指粗,被雨洗得洁白,嫩得手搓即可去皮,咬咬,淡淡没有滋味。大风雨后夜里天空特别干净,繁星明亮,新月如鹅毛。海边木船船舷弯如片月,静静地候潮。大多数时候,看见海上的大蒲船,我都会忘记船里是有人的,好像这样的船,本就是风前雨后鱼一样活着的东西。

石佛庵

　　寺、庙、庵、堂，是指庙宇规模大小的，并非尼姑住的地方才叫庵。我有一个搞收藏的朋友的书斋就叫"琴韵花香庵"，而他自然不是尼姑，甚至连和尚也不是，只是清淡雅致的一个瘦老头。

这个石佛庵，旧时办过两年私塾，我母亲幼年在这个私塾里读过一年书。

　　这两天，我在石佛庵为老娘做法事。我外婆家，不仅是我母亲的出生地，也是我长大的地方。石佛庵就在离环龙桥不远的地方，石佛几十年前被推倒在桥下的溪里。那条溪及溪边的古树，还有树下的井，关联着许多旧事，幽深地在我记忆里。事隔四十年，我把它写成了《人间天真》。

　　写到《兰草》，博客上有位读者说，这个村庄从前是一个古寺的花园。于是我开始考证那个古寺，发现童年的荒村是历史上一个名动江南的古刹的废墟。考证古寺的时候找到石佛庵，去年我们把仅存佛首的石佛寻回来，重新雕出佛身。如今石佛就立在石佛庵的院子里，只欠一层金装。

石佛庵在和尚山下。和尚山像一个坐着的和尚，山水青绿，四季草木如袈裟。石佛庵的旁边，至今仍有我姨的瓜地，瓜地里的瓜恰好新熟，我摘了两个，和表兄一人一个解渴。半熟的翠瓜味寡淡，要等到瓜皮发白，才算熟透。

那个古寺叫吉祥寺，唐开元年间，高僧惠超渡海而来，在锦沙渡口上岸，寻到九峰山，在香柏岩下结茅为庵，草衣木食，开创了一个宏丽道场。宋元鼎盛时，寺庙里有一千多和尚，和尚山西面的花粉山就是庙址。从前我喜欢坐在花粉山下的石头上发呆。花粉山长满凤尾似的翠竹，因为竹子的颜色与瓜相似，我经常妄想着在竹山里寻找翠瓜。吉祥寺在明初海禁中被毁，岛上居民都迁往大陆，海岛二百年里没有人烟。海禁结束后，后来者不知这一方土地是曾经的庙宇。这个废墟广达千亩。

吉祥寺海禁火焚二十五年后，有一个原吉祥寺的和尚海通，偷渡回来，把吉祥寺幸存的一尊石佛，在和尚山下建庵供奉。

石佛庵只有七个和尚，都是小和尚，都是二十几岁，做法事时，四个穿浅黄的僧衣，两个穿明黄的，敲木鱼的穿的是缁衣，黑的。"月光如水照缁衣"，月光照黑色的衣服。戴眼镜的小和尚最瘦，唇上的毫毛还未变成胡子，念经的时候，不时会走神，剥自己的手指甲，回过神就伸直脖子使劲念，声音从众声里跳出来，还是童声。

排好队念经，背影袈裟及地，高矮肥瘦的身姿，都是挺拔的，脖子都是直的，光光的后脑勺，青青的发脚，微微晃着的脑袋。白皙的那位念经是抬着头的，闭了眼睛，嘴朝天念。他们念经不用想，念就是唱，又配以鼓乐，动听而不单调。小和尚们念完经，脱掉袈裟个个不是和尚相，他们与操场上的学生无异，但他们吃素。

　　寺、庙、庵、堂，是指庙宇规模大小的，并非尼姑住的地方才叫庵。我有一个搞收藏的朋友的书斋就叫"琴韵花香庵"，而他自然不是尼姑，甚至连和尚也不是，只是清淡雅致的一个瘦老头。

　　和尚山下四季瓜果都有葱茏水色，这样的水色在春夏就常有浸漫之势。而庵边的树也有异样，枝疏叶朗，有云水舒卷之态，风姿卓然。

锣

我后来觉得锣并不是一种乐器，它是一种礼器，出丧要敲锣，婚嫁要敲锣，从前老爷出巡也要敲锣。锣其实是代替肉声的一种吆喝。人一生被敲锣的只有婚与丧两次，平时如果在自家院子里拎一面锣敲敲，会让人诧异，觉得不祥。人生默默的，锣声其序，鸣在正时候，真的悲喜啊。

锣的声音一直能听到。从前的许多东西现在没有了，现在有的东西很多从前也没有。器物中一直没离开生活的，锣是其中一样。我有幸一直住在乡村，如今的人稍有条件就会怀旧，敲锣对城里人来说是难以施展的排场，强横的在城里敲锣也有，但总有不识相之嫌。乡村天地空旷，一大早，就有人在敲锣了。

"当——当——"沉闷的、单调的锣的声音天生适合敲在路上，晨昏不限，山野间，田陌间，尘土飞扬的大道上。我在十多岁时，为人家出丧敲过锣，死的是我的朋友驼背。驼背是一种郁闷的疾病，一般都不长命。他自己说，等背上凸起的那块郁闷饭瓜一样长熟了时，他就会死。他还说，果真死了时你给我敲锣。他平时喜欢的事情不多，敲锣就很喜欢。锣也是有些驼的，锣中间那块凸出来的地方是敲不平的，但它会洪亮地发声，响及四面八方。

他真的死时，我真的给他敲锣，锣的声音无所谓好听，只是一种声响，确实有些庄严。巨大的声响里听上去有些肃穆的只有锣声。一路的声音是堂和皇，堂而皇之，告知四野青山，驼背死了。

我后来觉得锣并不是一种乐器，它是一种礼器，出丧要敲锣，婚嫁要敲锣，从前老爷出巡也要敲锣。锣其实是代替肉声的一种吆喝。人一生被敲锣的只有婚与丧两次，平时如果在自家院子里拎一面锣敲敲，会让人诧异，觉得不祥。人生默默的，锣声其序，鸣在正时候，真的悲喜啊。

另有一种与锣一模一样的小锣，我们叫"太卵"，这个"太"是土话，有垂、吊、拎的意思。太卵的声音并不是小一圈的锣声，完全是另一种声响，这很令人奇怪。太卵音如小脚老太婆走路，"且，且，且，且"，有些滑稽，纯是与鼓乐配节奏的。这个应当是乐器。但把这种铜做的响器叫作"卵"，是有一些智慧的。

敲锣是引人注目的。敲锣人周正的不多。锣敲到山顶上时声音哑然。

沉　水

石头为什么会沉呢？漂过水片的人都知道，那是石头没气力了。石头如果有气力，是不沉的。

记忆里石头能浮的情形，是漂水片。石头的薄片或瓦片，扣在手里削出去，在水面上"削……削……削……"。水中仙人走路，步履如蜻蜓点水，留下从大到小一串涟漪。渐行渐弱时，石片就在水面左右晃几下，支持不住，溺没。这样的游戏，相信不少人都玩过，石片跳着在水面上走，水面交织着涟漪，扩散着波纹，水里比岸上还热闹。童年游戏我一直是玩不过人家的，我的石头漂几下总要"心力"不济。

弄得性起，我就会突然去搬一块大石头来，"咣当"扔水里，激起一大蓬水花，身上脸上都是水，众人就一哄而散。有一次石头太沉，别人一看见我在吃力地挪着，就作鸟兽散，我便十分无趣，扔也没意思，一顾斜，把自己的身子连同石头一起扔入水里。

很轻灵的石片，有时失手时也会一下入水，这样的笨拙就很难看，是现眼。我发现世上所有现眼都是心大力不到。

梦里有清水，一片芦蒿，我有一块不沉的石头，便在岸上漂水片，脆生生，石头在水中凌波微步，从岸的这头一直到那头……这样的好梦被我记住至今。

我外婆的水缸里有一块浮石，是从海边捡来的，据说是浪沫的化石。可浪沫如何会成化石？及长大知道海边的浮石有一种是沉水底千百年后浮出的龙涎香，此时香已浮失，只剩下无香的石头般顽壳。浮石浮水缸，可以使水不腐。从前好像不少人家都是有的。

石头为什么会沉呢？漂过水片的人都知道，那是石头没气力了。石头如果有气力，是不沉的。

四野食

　　荒村孩童的野食，散在四季里，是有味的草木。草木都是有味的，除去苦的与有毒的，似乎其余都可拿来作闲食。

　　荒村孩童的野食，散在四季里，是有味的草木。草木都是有味的，除去苦的与有毒的，似乎其余都可拿来作闲食。人之馋，莫过于孩童时，天天惦着的事，就是吃。记野食四种，看客一笑之。

茅　针

一月且错过，
二月芥菜大，
三月拔茅针，
四月拗鸟笋，
五月煮蒲羹，
六月乘风凉，
……

三月拔茅针。茅针是茅草的花芽，针状，三寸来长，形如未抽的麦穗。茅针在三月里最嫩，微甜。茅草是到处都有的，孩童在路边荒坡拔茅针，三十几枚就是一握，一枚一枚剥开来，鲜嫩的花蕊银白，有绒光，如月色。

春后的野食自茅针始，约莫大半个月时间，天天拔茅针。至天气渐暖，茅针就老了，再老就抽穗扬花，是"白茅蔚蔚"了。茅针一老，吃了要流鼻血。农历三月是正时辰，也正是桃花李花的季节，茅针最肥时，阳春三月。

小男孩晒太阳，小女孩拔茅针。寻茅针是细心活，吃起来又要剥，蕊肉也只有一点点，女孩子们喜欢。喜欢茅针的还有读书郎。女孩子三月里踏青，穿得花花绿绿，成群结队，边嬉笑边寻茅针，我们坐在暖地里晒太阳，看都不看我们一眼。

茅针并不好吃，是时令新鲜，滋味只是嫩，又在春草丛中跳跃寻觅，有采撷的欢乐。待采有一握，聚在溪边石头上，剥着玩乐喝冷水。茅针当然也吃，但一点都不顶饱。儿歌传到我们口中，不知多少年，想从前的小孩是那样，故我们也那样。

茅是荒村野草，用锄头削地坎，费劲的就是这茅的草根。白茅根有节，如甘蔗，大小如蚯蚓，也有些与兰根相像。茅根是甜的，后来发现在药店里是一味药，一味很好吃的药。白茅是入《诗经》的，荒村四野都是，盘根错节，春来叶青紫，秋后枯黄，大风梳理下，满山的发黄的茅草光溜溜，远看海岛就像一只可剥皮毛的兽。

我们吃茅针那会，没有想到吃茅根，是教化所未及。知道茅根可吃，是几十年后的事了。

葛　公

路边一点红，生在草丛中。

大人走过要绊跌，小人走过不肯息。

葛公也叫红滴答，就是覆盆子。杜鹃鸟叫"葛公葛公"，正是葛公红时。葛公有大麦葛公与小麦葛公，熟有早晚，草也不一。小麦葛公早熟，颗粒也大，是草。大麦葛公晚熟，颗粒小，是刺藤，又繁多。但味道是一样的，红时酸甜，紫黑时蜜甜。还有一种葛公叫蛇葛公，人是不吃的，其叶与果都像草莓，果子比草莓要小。葛公是味如草莓的，但大麦葛公是多年生刺藤，大的一"树"如一个桌子面。

菜地边的路上有草长出了红果子，这是蛇莓，也就是蛇葛公。蛇莓是蛇的果子，没见过蛇吃蛇莓，常见的是蛇莓旁边有白色吐沫。有人说这是蛇吐的，是蛇舍不得吃，可又馋得满嘴是口水，就把口水吐在蛇莓的旁边。我们采来蛇莓喂鹅，鹅不吃。我们都纳闷，有人说是鹅怕得罪蛇，不敢吃。我是试着吃过蛇葛公的，滋味忘了。

地边山边都有葛公，一红就很醒目，所以"小人走过不肯息"。

把葛公放在碗里置一夜，第二天吃有酒香。还有人用灯芯草穿了,一串一串如糖葫芦。葛公是浆果,是最值得珍惜的野食。山顶的路边也长满了葛公。山顶的红滴答小杨梅般大,红红的果子累累,伸手可摘,多得使人惊诧,仿佛进了红滴答的果园。满山寻找这种野食,与茶树上的嫩芽同嚼,有如咖啡的味道。

毛 栗

毛栗是野蔷薇的果。海岛山上有开白色花的野蔷薇。

毛栗在初秋熟,形如酒埕的叫酒埕毛栗,形如荸荠的叫荸荠毛栗。毛栗子房在果内,肉质的壳可食。子房多子多绒毛。吃毛栗需要用竹削成毛栗竹刀做工具,梭形,一头尖刺,一头T状。T状那头是用来旋果内子房的,旋去子房,毛栗腔内仍多绒毛,就用尖刺的一头刺住,在石头上敲,将绒毛震荡出来。敲时,孩童合着节律说歌:

跌跌绊绊,翻过南山。

南山北麓,四龙环环……

这歌,据说许多地方民间的小孩都唱,又说南山是终南山。有《诗经》遗韵,但诗三百翻遍,没有"跌跌绊绊"。

乌米饭

秋风深处,山上都有乌米饭。

乌米饭是小灌木，在山上与杜鹃花一样多。荒村多兰草，兰草与乌米饭共生。乌米饭比米饭粒稍大，圆的，长在枝丫间，一串一串的，一捋就在掌中，香甜而糯，又耐饥。从白露到霜降，枫叶红了。童年就这样吃遍青山。

荒村的主食是米饭、番茄和菜蔬。菜蔬不是副食，煮米饭都是要掺菜蔬和番茄的。米饭在荒村有一个特殊的名字，叫"纯米饭"，要强调一个"纯"字，不掺其他，才算真正饭。关于米饭有个故事——

老子背着儿子天一亮就出发，去城里吃一顿纯的米饭。一村又一村地走，路上儿子惦记着，一遍一遍地问：的确是去吃纯米饭？父亲回答：的确，什么都不掺。四十里地走了三个小时，到了城里，父子俩直奔饭店。

落座后大嚷嚷：跑堂的，快来一碗"纯米饭"。跑堂一听，笑问：要菜否？父亲听了生气：有纯米饭吃还要菜？不要。跑堂又问：米饭加醋否？父子俩一愣，纯米饭加醋？还有这种吃法？是饭店里才有的规矩？就问：别人加不加？跑堂答：有加的，有不加的。

儿子一听对爸说：加总比不加好。老子问跑堂：加醋另收钱不？当然不加钱，饭店哪有调料算钱的？那就加。跑堂给这父子俩端上来隔天的馊饭来。饭是纯米饭，是酸的。

饭是酸的。父子俩很后悔加醋。没话说，就这样，默默地吃吧。后来，儿子就被人叫作"纯米饭"。"纯米饭"在荒村还活着，已经七十多了。

乌米饭在山上多得不稀罕，据说这名称的由来和荒年有关。多且能耐饥的东西就是米饭。细想，乌米饭的形状、颜色像极了微小的算盘珠，我们从前在山岭上一把一把地捋。

一直想写乌米饭，用感恩的心写，做一遍怀念，但密得满心满眼拨不开。乌米饭如字，或许这里写的所有字，都是我吃过的乌米饭变的。

黄花与黄瓜

　　黄花是菊,而正儿八经被叫作菊的,早已姹紫嫣红了。我于五年前买过一车黄色的菊,种在院子里,几年后活下来的,都退化成溪边坡上昔时那冷冷清清香着的野菊。以为黄瓜是青的,名不副实,这对黄瓜来说是极大的冤枉。

　　海岛多菊花,是野菊,小而金黄,岩边坡上都是。秋日静安的午后,花有阳光的那种香。阳光在寻常并不是金黄色的,只在午后斜斜的一抹,或在草坡在墙根,才是饱满明亮的黄。野菊花就在这样的光影里,重重簇簇盛开。我这样的发现不是没有由来,十岁那年邻居"和尚"送了我一只小羊,我一直把那只小羊养大。羊并不用养,放着它自己会寻草吃。牧羊只需要羊绳,找一个水草丰茂的地方,把绳拴在树上,不让它走丢就是了。后来羊一次次挣断羊绳去学校找我,每天我要花很多时间在山上陪羊吃草。羊吃草是默默的。就是这样的秋天,山坡上到处是金黄的野菊花,一直到叶子枯谢,花有时还零星开着。

　　清明时节的"青",可割了做糍粑,其实就是艾。野菊花也是

"青"的一种,我们把早春最先泛绿的一种草叫"青",嫩苗可吃。

黄花是菊,而正儿八经被叫作菊的,早已姹紫嫣红了。我于五年前买过一车黄色的菊,种在院子里,几年后活下来的,都退化成溪边坡上昔时那冷冷清清香着的野菊。野菊花的名,是一枝黄花,清热消肿的,我们从未把它当过花,采几枝是药,割一捆是柴。

黄瓜是会黄的,你看到的黄瓜不黄,是摘得太早了。先青再黄,真正熟透的黄瓜是金黄的,跟黄瓜花是一样的颜色。要命的是,黄瓜不熟也可以吃,太熟多籽,吃起来要把籽瓤去掉,于是人们贪嫩。以为黄瓜是青的,名不副实,这对黄瓜来说是极大的冤枉。

我见过金黄色的黄瓜,而且吃过。八岁那年我生病,病好以后,好长一段时间眼泡青肿,看东西一线天似的一条缝。我老娘拉我去看小外婆,她院子里有一株黄瓜,只有一根黄瓜留着,做种的。青色底子中的金黄非常夺目,竹架子下孤零零挂着更加惹眼,我一进门就看见那根黄瓜了。我眯着"一线天"不住地问小外婆关于这根黄瓜的一系列问题。答案只有吃。第二年我小外婆家没种黄瓜。

熟透的黄瓜有瓜香,肉是半透明的,水分比青的多。青黄瓜有少许的涩味,老黄瓜没有。黄颜色黄瓜比青颜色的可口多了。

正儿八经身上长刺的瓜好像只有黄瓜,冬瓜长的是毛。老了的黄瓜刺也是老的,会刺人。吃了那根黄瓜,我眼睛的肿就好了。老实说,一般情况下,你是没有吃老黄瓜的口福的,不要说吃,如今看都难得看见。黄瓜老得发黄,需要很长时间,不是留种,不会让黄瓜见黄的。

爆米花

　　爆米花喷射进麻袋里，烟雾腾腾，香气四溢。米粒胀大了四五倍，玉米高粱能胀大八九倍，香脆而甜，好吃。爆米花是荒村儿童最为向往的美好食物。

　　荒村没有小孩的吃食，糖果、饼干在遥远的地方，平常很少看见，大多只是听说。小孩馋嘴的除了山上的野果，另一样东西是爆米花，爆米花也只有逢年过节才会有。

　　爆爆米花的那个东西，我们叫它"黑肚子"。黑肚子在炉火里转，风箱"唧呱唧呱"地配合着黑肚子的转动。一会儿，爆米花师傅拿过一个口上缝有一圈竹套筒的麻袋，套在黑肚子的一头，用一根短铁管叮叮地敲两下，又用铁管套在黑肚子头上的装置上，一脚踏牢黑肚子，嘴里喊："开——炮——"铁管子顺手一扳，轰——

　　爆米花喷射进麻袋里，烟雾腾腾，香气四溢。米粒胀大了四五倍，玉米高粱能胀大八九倍，香脆而甜，好吃。爆米花是荒村儿童最为向往的美好食物。

　　荒村爆米花，每年都是近年关的时候。爆米花师傅从外乡来，挑着担子，寻一个空旷处，拉开场子，生起炉火，等第一个来爆米花的人。第一家"轰"地响过之后，就相当于吆喝了，就有人络绎拿着大米、高粱、玉米以及年糕片之类来爆。柴火是自带的，糖精自带五分一爆，不带一角一爆。荒村的年关总是阴晦，湿漉漉的，炉火、香甜的烟气、排队等候的人们、围观的小孩、不时的爆响，构成一种独特的气氛。爆米花的气氛，是荒村岁暮的一个结。

阿五是一个小男孩，上有三个姐姐，下有三个妹妹。他父亲是异乡人，有一年不知为何逃来荒村。荒村因为没有识字人，就把他父亲留下来做了会计。这留下其实是隐匿，不知为什么，那年代这样的事也可以成为事实。阿五他爹在荒村讨上了老婆。会计是不用出海捕鱼的，阿五娘就不停地生孩子，生了一屋子孩子。阿五的爹愁得直喝酒，喝成了酒鬼。喝醉了酒就操着外地口音胡说：要是我老婆生的是猪就好了，我家有七头猪，还不发财？所以，阿五和阿五的姐妹，就被当作猪一样养。阿五的大姐看着母亲不停地生孩子，父亲不停地喝酒，家里除了鬼哭狼嚎，穷得连水缸都是干的，十五岁那年怨怒之下离家走了。

阿五家是没有东西拿来爆米花的，可阿五特别喜欢看爆米花。爆米花师傅挑着担子从村外来，阿五会在村口等。爆米花师傅挑着担子回去，他又会送爆米花师傅走，跟着走很远。爆米花时，阿五整天都看着，舍不得离开一步。开炮了，他会比别人先捂上耳朵，又要比别人大胆地站在正对麻袋的地方看。"轰"的一声麻袋鼓起，就在他前面。他站在热辣辣的烟气里，引人注目，故作紧张地大口吸气。

那一次,"轰"响起的时候麻袋滑落,开了花的玉米全部射向了阿五。阿五仰面倒下,整个人都被爆米花埋了。阿五被抬到家里躺了一个月,好了,但他的脸成了爆米花似的脸。后来阿五没有了头发,脸上都是爆米花一样的疤。

阿五想念他的大姐,但他的大姐再也没有回到荒村来。

突然有一天,阿五自豪地说他大姐已是一个爆米花师傅,在很远的地方,挑着担子游走在四邻八乡爆米花。"开——炮——轰",是阿五梦见的。

年糕如雪

年糕浸水里，一直可以吃到菜花黄，我的"鱼"也会在水里浸着，并一直惦记。等惦记不住的某一天，从缸里捞出来，扔到灶边灰缸里，用灰火烤熟，吃了它。吃的时候我就想着这是鱼的滋味。

荒村的殷实人家，一年要做一次年糕。事前买谷碾米，泡米要泡三天，再将水米磨成粉。做年糕是盛事，至亲好友都邀来，又请好专门的年糕师傅，选好时日，叫好帮工，就开始做年糕。

年关，一个时光中深藏着的隆冬，一个滴水成冰的寒夜，飘着几朵雪，落在枝上如花开。

做年糕都在夜里，米粉在大堂锅里蒸着，烟雾水汽满屋。小孩子在阁楼上睡，都伸出脑袋张望厅堂里热闹明亮的大忙碌，兴奋如梁上探头张嘴的雏燕。

炉子就在庭院里，喂以大垛大垛的柴根，火便呼呼地蹿，把人烤得脸通红。雪花随风飘过来，在火光里销魂。

石捣臼一直放在临街的门前，是用来做年糕的。年糕虽然一年只做一次，但家家户户都有做年糕的石臼。与石臼配套的是捣杵，也是石头做的，光光滑滑，像一个光头。凿了眼子，安上木柄，就用捣杵在石臼里碾米粉。吭哧吭哧，捣杵高高举起落在蒸熟后发黏的米粉团里，发出不是很响的沉闷声，提起来十分费劲，石杵从发黏的粉团里拔出来噗的一声响。

这之前是碾米。和尚山下有一间无门也无窗的屋子，这屋子是公用的碾坊。碾子是石头凿出的，碾盘是很大的一个圆，把谷铺在碾盘上，碾压出谷壳。谷壳就是糠。碾米拉轱辘的是牛，一圈一圈地打转。为了怕牛头晕，用布把牛眼蒙上，牛就摸着黑，不紧不慢地走圈。如果是驴，蒙了眼会不知道走路，就用竹竿挑一串带叶的白萝卜，绑在它身上，把萝卜挑在它前面。驴看到白玉碧翠的萝卜就要走过去吃，驴走萝卜也走，一直够不着，驴就会一直走下去，碾完米才终于够着。驴不会头晕。

泡米要三天，再将水米磨成粉。磨粉又是用石磨，细细地磨，米粉一点一点流到木桶里，白如脂膏。

抡起捣杵砸一下，用冰水浸一下手，翻一下米粉团，又在米粉团上砸一下……砸透了，这粉团就叫雪花团。雪花团香软火热，盛在碗里一小团，阁楼上的小孩每人一碗。

堂前用门板拼成做糕的厨板，厨板上一排人坐着，有的搓，有的敲，乒乓作响。年糕搓成半尺来长，用年糕板压花。年糕板是年糕模子，是雕花的，长方体，中间的图案有螃蟹、菱角和凤凰，两边的花纹是波浪纹。雪花团放在模子里，年糕板子一按，花纹就印在了年糕上,一条条在竹编上晾着。叫一个穿得花花的有福相的小姑娘,手拿一个梅花印,用朱红一个一个地在年糕正中盖印子。小姑娘在软软的糕上太用力,梅花凹下去很深。

我们在阁楼上熬住困,就是为了在这时候从阁楼上爬下来。最后一笼米粉蒸熟磉好后,用剪刀和年糕板做一些动物,有鸟,有各种生肖,还有大大小小的鱼。

晾在竹编上的年糕,还有余温时,就要码了,码成井字形,一垛一垛的,几天后发硬,浸在水里。年糕浸水里,一直可以吃到菜花黄,我的"鱼"也会在水里浸着,并一直惦记。等惦记不住的某一天,从缸里捞出来,扔到灶边灰缸里,用灰火烤熟,吃了它。吃的时候我就想着这是鱼的滋味。

煨　粥

　　荒村的吃饭花，是一种每天吃饭时就开的草花，有的人家种了放在瓦檐上。花草知人事，吃饭花不香，花开时有饭香。饭香是吃饭花开花时借的人间烟火的香。

　　三合或四合的房屋，拐角处相连相通，叫舍头。舍头是屋的拐弯，栓了复杂如伞的骨架。撑起栓面的柱子如伞柄，叫雨伞柱。黑瓦片像黑色的鱼鳞，屋顶有烟囱，烟色比瓦色浅一些。雨里，檐瓦细细流水，烟囱袅袅吐烟，大小如指甲的"吃饭花"，在墙头的瓦盆里，密密地开出五颜六色的花。江南梅雨季，黄昏湿漉漉，正是晚饭时节。

　　雨伞柱下的舍头，是灶间。灶用砖土垒成，灶台高及成人的腰，宽大能装下两眼大铁锅，两眼铁锅之间装一个小汤锅，煨水的。荒村的锅盖如帽，木板箍成，这就高出灶台而突兀。锅盖掀起夹，水雾满灶台。坐人烧火的灶洞旁边叫"灶营冈"，"灶营冈"与灶台之间有如墙的隔，朝灶台一面镂空，放油瓶盐罐等顺手的杂物。这"灶隔"靠墙的一头，就是蹿到屋顶的烟囱了。烟囱下边做有土龛，供了灶王爷，龛前有简单的香案，常年插满香棒。灶是严肃的，做得力所能及地精致，民间泥瓦匠的手艺看砌灶，看打出来的灶旺还是不旺。

灶前一侧就是水缸，大水缸，一小半坐在地下，水面浮着瓢，养有几条水鱼食腐净缸底。"灶营冈"的一侧是灰缸，放灶洞里畚出来的灰烬。紧挨灶洞的是长方形的木制风箱。拉风箱，风箱"的括的括"地响，灶火便"呼啦呼啦"地蹿，这是灶的热闹。

山上的茅草、树枝都是柴，有时也用稻禾作物的秸，往灶洞里一把一把地喂，火舌蹿出来，把灶壁舔得墨黑，锅底也墨黑。铁火叉是拨柴用的，还记得铁火叉吗？

冷天就往"灶营冈"里钻，靠着柴火，就着火光，无太阳可晒的日子，这里最温暖。

粥就煨在灰缸里。灰缸的冷灰里扒一大洞，倒一畚柴末子，热灰从灶洞清出来，铺柴末子上，坐一个瓦粥罐，盖上冷灰，暗火煨一夜。

一罐水，罐底沉一把粳米，隔夜就是一罐白粥，米粒稠成了汁，罐沿上粥汁一干，形成蝉翼似的粥纸。白粥色如玉，煨出来的香味，明火煮的粥里没有。

南瓜小米粥黄色，香味会飘逸，闻到的人不问就知道这是南瓜粥。南瓜粥如能加糖，就奢侈了，一般不能，好在南瓜也有一些清甜。

肉粥，肉粥最香羊肉粥，浓香溢满穷日子，村口都能闻得到，拌勺盐，喝了心胃内里都暖和，滋味不用说。这样煨出来的粥，补身子好过参汤燕窝。

　　灰缸煨出来的粥，最怀念的是豌豆番茄粥。番茄干和豌豆是土物，味性也是契合的，香是岁月滋味，豆入口即化，番茄烂得只剩糖汁。粥明黄略暗红，捧着坐在门槛上吃，长年累月吃不厌。

　　荒村的吃饭花，是一种每天吃饭时就开的草花，有的人家种了放在瓦檐上。花草知人事，吃饭花不香，花开时有饭香。饭香是吃饭花开花时借的人间烟火的香。

鱼 羹

　　渔船有眼睛，渔船船首的"两腮"上用桐油石灰塑了两只眼睛，用黑漆点睛。篷帆如翅，渔船就像一条圆目张翅的巨鱼。

　　渔船上的伙夫叫伙将，一般由新上船的半孩郎充当，老的伙将就提升为水手。从伙将到老大，职务依次是伙将、水手、出网、多人、老大。水手管篷，出网管网，说的是木帆船，荒村那时节都是木帆船。副老大叫多人，多余的人，这称呼只有舟山渔场有。

　　渔船的篷帆是葛色的，并不是诗词文章里的白色，白帆是江湖中船舶用的吧？海里的渔船篷帆为了耐腐蚀，都必须"栲"后才能使用。海岛山上有一种灌木，就叫"栲"，把船用的篷帆绳索用大铁锅与"栲"的树叶枝干一起煮，要煮上一天一夜。

　　旷地里，垒石为巨灶，大铁锅是特制的，锅盖如桶，熊熊的火用大树根当柴，烧一天一夜。

　　渔船有眼睛，渔船船首的"两腮"上用桐油石灰塑了两只眼睛，用黑漆点睛。篷帆如翅，渔船就像一条圆目张翅的巨鱼。

开洋，即开汛。拢洋，即渔船回归。这叫一水，一水就是一去一回。

渔船一般都一对，分别叫网船、煨船。开洋船出门，船上挂满彩色旌旗，一是为热闹，一是扬威，为辟邪保平安。敲太平锣鼓，放烟花鞭炮，亲人们都去送行，站在岸上对着离去的船高喊：顺风顺水，太太平平。

船上伙将煮鱼羹，去头剁尾，海水一洗，没有油酱醋酒，清水加盐白烩。熟了就上盆，老大吃第一筷。

新捕的鱼，大多是活的，鳗鲡、带鱼在船舱板上蛇一样乱钻。只有黄鱼、米鱼等鱼，离水即死，叫着叫着一离水，舌头一吐，死了，嘴都合不上。活带鱼的鱼羹，又腥又鲜，难吃无比，又是毛手毛脚的伙将胡乱水氽，生变熟的烧法。

拢洋船靠岸的当晚，船上必备一大锅鱼羹，是用船上最好的鱼、最地道的烧法做的。这锅鱼不是伙将烧的，船船都有，每船都会拿出最拿手的鱼羹，引诱渔村的孩子们上船去吃，随便吃，喜欢吃哪条船的鱼羹就上哪条船。

尤其是乌贼汛，船上大锅里满是熟了的乌贼，阵阵飘香。乌贼是整个的，不去内脏，而且煮的调料也只有酱油，但乌贼煮得鲜红，只只饱满，鲜香无比。小孩子手捞着吃，吃得满脸都是乌贼墨。若孩子一气能吃三只，船老大就摸孩子的头，夸有力气。三只乌贼下肚，肚子也如熟乌贼一样饱胀，而且第二天不用再吃饭。男孩子还好,女孩子只吃一个也要胀好几天。

吃过渔船上的墨鱼鱼羹,这味道就成绝响,别处再也没有,也不可能有。

蓼草、酒娘、酒酿

酒娘不准喝,大缸都是加盖的。一缸酒如果被偷喝了酒娘,酒就失魂落魄,酿出来的酒韵味尽失,这酒就废了。

见过一幅古画《红蓼白鹅图》,几株蓼草,一只白鹅。我惊诧于蓼草也能入画。蓼草的叶子是介于梅叶与柳叶之间的形状,叶色暗红,叶面中间有笔写上去一样墨黑的点。蓼节节开叶,喜欢水,与灯芯草一样连片生长。灯芯草如须,一丛无数根,"须"的绿皮剥去,是笔头般粗白色的海绵一样的灯芯。蓼草与灯芯草,就如同树的针叶与阔叶,成片生长着做邻居,在野地里茂盛得突兀,因为牛羊都不吃。

蓼草是辣草,与辣椒的辣不同,蓼草的辣是苦辣,很苦辛的味道。

荒村割蓼草做酵母,蓼草晾干碎成粉和面搓成丸子,就是做酒的曲,我们称之为白药。白米酒都是自做,把米蒸成饭,凉透,与白药粉拌匀,一层一层地摁在酒缸里。酒缸的中间留一个洞,叫酒窝。人脸上也有酒窝,在腮上,一笑酒窝显出来,可以增加人的妩媚。酒缸里的酒窝如泉眼,酝酿后的酒液都渗到酒窝里,称为酒娘。

初成的酒液称为酒的"娘",这叫法很动人,酒有了娘,就源源不断地生出酒液来。酒娘是甜的,十分嫩滑,没有日后成酒时的呛辣。这非常像荒村的女人,新娘小媳妇,总是温婉的,如嫩叶新花,历久就老辣起来,直到有了泼,就破败了。

酿新酒,酒屋浓浓地荡漾着酒娘的甜香。这很诱人,我们都忍不住趁大人不在时去偷看。刚开始酒缸慢慢地发热,酒窝是空的。不久酒缸有声响,噗噗咻咻地有了发酵的声音,酒窝有了白浊的初液,几天下来白色更浓,如奶汁般。许多天后,等到酒缸变凉,酒窝的酒娘就澄清,酒娘就变得甘洌。

酒娘不准喝,大缸都是加盖的。一缸酒如果被偷喝了酒娘,酒就失魂落魄,酿出来的酒韵味尽失,这酒就废了。

如今市上有酒娘卖,而且想当然地写作"酒酿"。本意是说酒娘,但这东西是初酒的新糟加水加糖,冒充酒娘,"娘"也变成了"酿"。我是喝过酒娘的,知道这二者的天渊之别。

我大舅是酒徒,一年要做好几大缸酒,酒缸罗列在大床的后面,晚上人睡觉,沉浸在酒香里,听酒们噗噗咻咻的酝酿,如听人梦呓。

麦秸秆的空管接几根,把酒缸的盖子挪出一条缝,麦秸管伸进去,趴在酒缸上,偷吸酒娘,如蜂采蜜。其实顽童也有分寸,并不胡来,一般只偷吸其中的一缸,并非东吸西吸地把每缸都给吸遍。我后来有一次贪口,被酒娘醉倒,在酒缸边大睡,人从耳朵到脚底都是红的,这就败露了。大舅只好给酿了一半的这缸酒再加酒曲。

这缸酒后来出现了重味，味特别凶，粗糙得很。

蓼草茎叶皆红，人醉倒时也全身皆红，仿佛还原了蓼草的颜色。这是一个奇怪的曲里拐弯：草变成曲，曲做成酒，酒又醉倒人，一步步都有造化的痕迹。但如果人不喝酒，看这些就觉荒诞，那么喜乐又从何而来？

食 药

"拜"是润肺养颜的,还治饿。野荸荠治结食,误食异物,捣野荸荠汁一碗,喝之即呕出,还是泻药。碗葱解毒,可以治心思郁结。那时我们没有病,但经常弄着吃,用来解馋。馋是天生的,不料如同病,馋极时,是与痛痒一样难熬的感觉。

山上有野百合,白色花朵,荒村把它叫"拜",有长尾音,如羊的叫声。野百合初夏开花,村人并不把它当花看,只当作野菜野果。"拜"的根茎如蒜头,五六年的老"拜",根茎则有碗口大,一层层莲瓣状的"拜肉",月白色,捧成一团。生吃,味如莲子,熟吃需要炖,炖烂的滋味也如莲子。

"拜"在山野,秆高及小孩的头,一秆一朵花,有的并蒂两朵。花也可吃,鲜花摘来晒干,如黄花菜。常见野百合,但很难挖到它的球茎,花秆有多高,地下的球茎就有多深。扒开土,用锄头挖,挖下去多是石缝坎土,一不小心挖断了土下的根,"拜"的球茎就遁逃了似的难觅踪影。

山上草荒荒，"拜"要开花才显眼，杂草里突然高高地开出一枝鲜花来，别提有多醒目。野百合与百合的花朵姿色无区别，花朵在初夏的日头下越晒越白。

野荸荠与荸荠完全不一样，也生在山上、无茂草的坡上，与岩石青苔在一起，其实是一种野蒜。但又没有蒜的辛辣味，叶比蒜厚，只有手指长。而所谓荸荠，就是它的根，手指头大小，既不是荸荠形状，也不是荸荠滋味，清而微苦的口感，只是咬起来的声音如嚼荸荠，多吃会嘴麻腹胀。名叫野荸荠就像是寄期望于名，吃时产生真荸荠的联想。

碗葱则真正是葱。葱叶如管，碗葱不是，碗葱叶如又厚又绿的灯芯。碗葱比家葱香，这个香是葱香的正，不是野，浓郁得很。碗葱山岩路边都是，孩童偷吃了有味的东西怕被大人闻出，捋一把碗葱擦擦嘴，即可躲过责罚。大人只是生疑：你生吃碗葱干什么？

碗葱不切，新鲜地盛在碗里，最好是白瓷碗——那样盛着妥帖，像一篇短小爽朗的好文章。碗葱在荒村唯有一种吃法，蒸咸鱼时铺在鱼上，香飘村外。

"拜"是润肺养颜的，还治饿。野荸荠治结食，误食异物，捣野荸荠汁一碗，喝之即呕出，还是泻药。碗葱解毒，可以治心思郁结。那时我们没有病，但经常弄着吃，用来解馋。馋是天生的，不料如同病，馋极时，是与痛痒一样难熬的感觉。

风绿风白

把地瓜煮熟熬烂,加芝麻,加糖桂花,加橘皮,用碗底做模,做成一个一个小饼,叫茹膏片。太阳下晒干,如牛皮糖。如果再加工,用沙子或盐或糖,炒栗子般炒熟,则香脆。

荞麦和鸡毛菜都是籽播。荞麦不是麦。通常的稻粱粟麦都是禾本科,叶子都像兰草韭菜一般,是通常所见的"草"的叶子的样子。荞麦不是,叶如小手掌,株形、叶形都近棉花,像样样红,是通常所见"花"的叶子的样子。荞麦结籽,磨出来的粉就是面粉。荞麦面比麦面更粗粝,是灰白色的,有一股清香。荞麦籽三棱,皮是灰黑的,麦粒一般大小,播在土里时,顺口会说:荞麦三棱,终有一棱落档。有一年我母亲生病,郎中说荞麦可以治,就种了荞麦。荞麦开花细碎如霜,冷冷的白,结籽疏朗。

白地里撒一把小白菜的籽,一阵秋雨后,小白菜就像苏醒了一般,在地里茸茸地起一层绿意。接着日长夜长,三五天,就如翠羽,半个月就可以拔出来吃了。太小的小白菜,炒起来有一些苦意。冷风阵阵，小白菜风里颤颤地又长一层。就这样边吃边长，边长边吃，吃到后来留下几十棵，成了青菜。青菜荒村叫黑油桐，深绿油亮，叶开如花瓣。我小时叫成棵的青菜也叫花——饭侣花，吃饭要就菜，饭的伴侣就是菜。

种南瓜是贪，希望大个儿结瓜，藤又蔓生出去，山边路边都可以爬，顺藤生瓜，瓜未必在自家地里。再贪一些种冬瓜，冬瓜儿个比南瓜大。冬瓜上会长短而尖细的毛，瓜皮上还长一层白粉。冬瓜要乘凉，最好做瓜棚，四面悬空在瓜棚下挂着的冬瓜，热不着，个儿就大。冬瓜又易渴，宜种水边，炎夏夜里，有水面反光映着的冬瓜是惬意的。

瓜们，从指甲盖大小的两片叶开始，天天不停地长，攀爬，流水般蜿蜒向前。五月梅季的雨露中，铺展着嫩绿，触须都是晶莹的。藤蔓最浓绿时，南瓜们开始开花，金黄色。南瓜的瓤也是金黄色，是花的颜色。南瓜喜欢"坐"，扁圆粗笨地坐在草丛中，有些傻。

越大的南瓜越不好吃，偶尔会长一两个实在大而无当的瓜。当时顽劣，突发奇想，用刀将瓜蒂连肉整齐地切下，把瓤掏空，坐在上面出恭。初秋的树荫下，凉风习习的山野，太阳西下，那感觉，世上能如此享受的人不多。

地瓜，白皮白心的生吃最好，红皮黄心的煮熟最甜，红皮白心的不知道为什么要种。荒村多旱地，地瓜家家都种。地瓜秧是筷子般长、无根有头的一支蔓条，插在干旱的土里，浇一勺水，就算种好。烈日暴晒下，秧就马上干瘪，奄奄一息，夜露里一点点鲜活过来，遇一场巧雨，立刻就生根发芽。我对地瓜印象深刻是叶柄、茹干和茹膏片。

地瓜叶柄可做菜,做菜时有趣。地瓜叶柄如笔一般长,把它折来,摘去叶,"抽筋剥皮"。皮和筋是一回事,就是梗上的粗纤维。去了筋皮的梗,折成芹菜段般一寸来长。不能用刀切,折起来"噗噗"有声。为什么不能用刀切?没有原因,是习俗。炒熟后味如同芹菜,也如同蕨。

把地瓜煮熟熬烂,加芝麻,加糖桂花,加橘皮,用碗底做模,做成一个一个小饼,叫茹膏片。太阳下晒干,如牛皮糖。如果再加工,用沙子或盐或糖,炒栗子般炒熟,则香脆。

深秋风大时,地瓜可以收获,家家用刨用箩在地头刨地瓜干。刨地瓜干的刨,是一块打孔的铜皮,地瓜刨在有孔的铜皮上,地瓜丝从孔中纷纷而下,一会儿就刨满一箩。挑去,铺在粗实的大小如门板的竹席上。这样的竹席荒村叫茹干律子。

地瓜藤有浆,地瓜叶有浆,地瓜有浆,浆到手脸上,寒风中片刻黏稠变干,皱人的皮肤。山地里点灯,灯弱人弓腰,挖不完的地瓜,刨不完的丝,刮不完的寒风。山坡上迎风起竹席,铺满雪白的茹丝,远看如一片片帆。厉风劲吹两三天,茹丝就变干,再翻晒后贮藏谷柜里,当一年的口粮。茹干做饭,客来时加米,客人吃沉锅底的米饭,无客时就吃纯茹干。

秋风直接从海面吹来,荒村入夜后,门槛上坐着小孩,看头顶天上的星星,等山上刨茹干的父母劳作一天后回家煮晚饭吃。有风的夜晚没有霜,冷得彻骨。

蚕豆花蕊黑

五月来了，豆荚才真正成熟。豆被收获，豆秆和地头的杂草堆在一起烧，烧成灰堆。在白地里寻，寻掉下来的豆粒，叫"拾豆雪"。收获后的白地里拾遗，荒村叫"拾雪"，拾麦叫"拾麦雪"，拾番茄就叫"拾番茄雪"。拾来的豆雪在衣袋里鼓鼓的，围着烟熏火燎后的热灰堆坐，扔一粒豆子到灰火堆里，片刻，熟了的豆子"啪"地爆响，跳弹出来，再循声而寻，那样的寻，不会放过任何一粒。这时，吃在嘴里的豆才是豆的真正滋味，所谓人间烟火。

倭豆开花，花蕊是黑的。乡谚说：倭豆花开黑良心。

倭豆就是蚕豆，又叫胡豆、罗汉豆。因为花心是黑的，结的豆就有一弯黑色的蛾眉。荒村叫蚕豆为倭豆是有来历的：昔时倭寇掠海，都是蚕豆开花季节。深秋挖一锄的洞，撮一把灰，放一粒豆种，倭豆就长出来，嫩草般冷冷地过冬，早春抽方形的豆秆，长灰绿色的叶子，开紫色又黑心的花。

豆地是连成片的，春天乱风吹豆地，灰绿色被阳光一照，成滚滚银浪。

风起衣袂，一群孩童在豆地里窜，时隐时现。豆地是乐园，菟丝子、鹅肠草在豆地里野生，也是嫩绿的。豆花谢豆荚生，我就坐在豆地的垄中，剥涩中带苦的嫩豆荚。阳光很温暖。

倭豆是豆中的扁脸，我的伙伴中就有人长有倭豆脸。用指甲在鲜豆的两面刻一圈，挖出豆瓣，豆壳成了腰子形的"嵌宝戒"，戒指。所嵌的"宝"，就是豆壳头上那一弯黑色的蛾眉。将十根手指都套满，张着双手示人，喜形于色，追逐狂奔，风似的野，笑声里银浪滚滚，啊……

溪水从深深的山中流出来，过豆地边，一会儿就到沙滩，入海里去。溪清若无色，溪边是嫩草，溪石是乌黑光滑的。流啊流，静默中突然跌落在石滩上，似一大群牛叫？鸡叫？鸭子叫？其实更像一群小人跌跤时"崩"似的哭喊。豆荚可以为船，绿色的船。豆子取出，用细竹丝撑开，就是小小的驳船，或是舢板。试图用小竹棒做桅，用豆叶子做帆，那驶起来会一片浪花。做简单的舢板稳妥，做起来又快，半晌就是一个船队，从上游漂下来，人在溪边赶，"百舸"顺水流。溪边的人边赶边呼喊，按捺不住时赤脚下水，水还是冷的，溪水声一样冷，而心热时冷是不怕的。

我们的船，绿色的"宝船"，就这样跌宕着流去，流到海里去了，在浪花里变成一堆被人扔掉的豆壳，不久，便会成为鱼的食物。鱼无所不吃。

溪里捧一口冷水喝，歇一歇就是晒大阳，顺手扯一个豆荚剥了肉，嘴里嚼嚼，生的。

　　五月来了，豆荚才真正成熟。豆被收获，豆秆和地头的杂草堆在一起烧，烧成灰堆。在白地里寻，寻掉下来的豆粒，叫"拾豆雪"。收获后的白地里拾遗，荒村叫"拾雪"，拾麦叫"拾麦雪"，拾番茄就叫"拾番茄雪"。拾来的豆雪在衣袋里鼓鼓的，围着烟熏火燎后的热灰堆坐，扔一粒豆子到灰火堆里，片刻，熟了的豆子"啪"地爆响，跳弹出来，再循声而寻，那样的寻，不会放过任何一粒。这时，吃在嘴里的豆才是豆的真正滋味，所谓人间烟火。

芥菜与雪里蕻

　　白萝卜开花是萝卜一样的白，其他的菜开花好像都是金黄色。芥菜花的颜色我已经忘记，印象里芥菜一直是绿的，绿得开不出花来。

　　芥菜喜欢冷天里长大，与青菜、麦苗一样过冬。冬天菜地的鲜绿是芥菜。青菜霜打后会萎蔫，芥菜则是越寒越来精神。雪后田野、菜地里，霰雪被风微尘般从地面吹起，黄昏四野白茫茫一片，雪被下的芥都是碧绿地苏醒着。

　　有一种芥菜叫雪里蕻，叶色暗绿，梗细叶碎，早春就要上蕻（抽花苔），开花只比梅花稍晚一些。从没见过大片芥菜开花，芥菜没上蕻就要收净，留着开花的是菜种。白萝卜开花是萝卜一样的白，其他的菜开花好像都是金黄色。芥菜花的颜色我已经忘记，印象里芥菜一直是绿的，绿得开不出花来。

　　雪里蕻割后晾在墙头、院子里，甚至路边，芥的气息清辣。芥末就是芥菜籽的末，而芥菜的辣稍淡，生芥菜鹅喜欢吃，会辣得晃头。荒村种芥菜是为了腌咸齑，咸齑即咸菜，荒村保留了这么个古词音,外人听起来颇为费解。

菜晾瘪后,就大缸用盐腌,腌得发霉生白花,一直到腌熟可以生吃无辣味,颜色也变成了焦黄。芥菜腌的咸菜里,雪里蕻风味最佳。荒村把这样的风味叫作"鲜爽"。咸齑腌好可吃一年,春天新笋出土,刚好咸齑初熟,咸齑就可与新笋烧笋丝汤,很鲜美。晚一些土豆可以吃了,就可做咸齑土豆汤,也有炒的,如咸齑豆腐渣,这都是家常菜。而咸齑作为家常菜的理由还在于可以与所有的海鲜同煮。海鲜与咸菜的味互显,因为都是很有鲜味的东西。包括贝类,都是腌咸菜的汁水清炖,才最好吃。

大汤黄鱼是宁波菜中的名菜,就是咸菜黄鱼汤。而最能将咸菜的味道提到极致的是鳓鱼。新鲜的鳓鱼是闪亮银白的,荒村叫鲜白鳓鱼。鲜白鳓鱼煮咸齑,是荒村一个男人的绰号。菜的味道,经典得可以成为人的绰号,你就大约知道这是什么样的好吃了。从前,海里的鱼,地里的菜,都是荒村自己的土产。

我最不能忘记的是雪天。缸灶(破缸做的灶)烧着通红的柴根,大铁锅煮着一锅雪里蕻,我们都缩在火堆旁,菜香飘出门外去,在飞雪中弥散。一天就这样窝着,饿了咬菜根,直到雪积起来,满世界雪白。天暗下来的时候,炉火更加红,暖到心里去。大雪纷飞,天地都被关在门外。

后来这情景经常成为我梦里的背景,或是与三五知己在大雪的荒村里炖着芥菜围炉夜话,或是与梦里的红颜在这样场景下的雪夜里言欢。雪中,茅草屋,炉火煮着雪里蕻,成了我梦里世界最温暖的东西。

梦到红颜时,最好屋外不远处的溪边还有一两树红梅在怒放,当然不必冒雪去看,想一想有这样的意思就行了。

树开花

最像果的果子是苹果,荒村没有苹果。荒村只有会裂的石榴、永远酸着的青梅和一直没有味道的白枣。

冬天像是一个年年都要去的地方,行色匆匆的是树。树每天都在赶路,往冬天的深处去。

我一直喜欢树,喜欢满树的树叶子。荒村的树叶从如掌的梧桐叶到如针的松毛都有。早春枝头吐芽的嫩黄,到梅季的青青绿绿,到秋来时的黄绿……荒村的树叶要到初冬才泛黄着深红,然后再落叶。

树叶子,风来是有声音的,雨打也有声音。因为满树皆叶,看在眼里,听在耳里,动着响着积在人心里。在荒村,儿童过家家时的"钱"是树叶——白杨树的叶。会爬树就会有"钱",捏在手里一沓一沓的。这样的"钱",我们经常舍不得丢,满抽屉都是。但这样的收藏,不久会成为枯叶一堆,那时再倒掉,就不会心疼。

养羊和养蚕时,对树叶子的"功利"变得直观,尤其是桑叶,看蚕啃食时的急切样,就觉得这真是好东西。可口的树叶是香椿,春天炒香椿,是人吃树叶。人可吃的树叶还有茶,但荒村的人没有喝茶的习惯。茶也有，只是在立夏用来煮茶叶蛋。

山上红叶可看时，已经有霜。门前晒太阳，向阳面对南山，不经意间瞟几眼。如果有人说话，也是说，今年的红叶比去年少，霜来得有些晚。

所有的树都会开花，让人看不到开花的是杨梅和无花果，花也是有的，不过是开得"微"，让你看不真切。梧桐未长叶先有花，紫色，满树都是，花开时疏朗得不能再疏朗。树下的风有了暖意，就是五月。还有槿，荒村的篱笆是槿和竹。槿叶可以和水搓成稠汁，女人用来洗长发。槿花篱笆上开着，不惹人，平常如村姑闲话，家家户户都有。荒村的槿花不算"花"。松花则是粉，风中尘一般扬。松树枝头掸松花，金屑似的用斗量。清明做麻糍，洒金黄的松花，用雕花的糕板模压成花模样。新鲜的松花吃起来有松树的清香。

松树不落叶，无数的松花开后，寡落落地长几个松果。我们从未把松果当作果。最像果的果子是苹果，荒村没有苹果。荒村只有会裂的石榴、永远酸着的青梅和一直没有味道的白枣。

花落，叶落，果落。不肯落的野山柿按理应当有，在枯枝上萎着红着醒目地挂着，但从未这样看见过，野山柿青涩时节早已被我们遍山搜寻光了。

树就这样走进了冬天，这一片丛林在山深处、山阴里，满眼枯枝。枯枝是冬天累了在休息，山在安眠，树一丝不挂地裸在寂寞里。无数的枯枝冷落地沉默，鸦从万千丛中选一枝，拾满眼的枯枝牟一巢，黑黑地卧在窝中。

山上柴

　　山上千般草，春来都是绿色，秋后的柴也是千般草，此时皆为枯色。而灶下一把一把烧着时，还是依稀都能认得，不同的柴，火性不一，干枯着的气息也不一样。豆秆煮豆、稻草烧米也有。山柴烧米饭应该特别香。

　　初冬的天气很干燥，也是上山砍柴的季节。四季的草叶树枝在初冬被割净，堆在屋子里，将化作一年的炊烟。这个季节，草被割了，有的人家还掘草根，晒干了当柴。

　　荒村的柴是软柴，山上的树枝不许砍，松毛丝可以耙了来当柴烧。松毛丝是老了掉落的松针，初冬的松树下可以积厚厚的一层，棕黄色，散落在越寒越绿的青苔上，极具情韵。青苔也叫翠云草，山上的松树绿得暗，翠云草绿得明，是嫩色。松叶耙子竹做的爪，地上一耙，青苔尽显，空气里有丝丝松香。

　　松针不耐烧，放进灶里易燃，风箱一推拉，燃起来的火呼呼地响，只一阵就成了灰烬。最耐烧的是枯松枝，松树多脂，枝断处结满松脂，烧起来火旺如蜡。松枝柴烧时多乌黑的烟，锅底尽黑，连灶门都被熏黑。锅底被柴烟的黑尘覆盖，会越积越厚，就须将锅扣在地上用破锅铲刨锅底。刨下来的灰如壳，可以当墨，在废墙上写粗粝的字。

还有一种柴是小灌木，荒村叫"年柴"。这种小灌木柴里有栗子般硬壳的干果，青果蒂上有帽，插一根火柴棒，可以在平滑一点的地上作旋子。据说这就是"橡实"，成语"朝三暮四"中猴子吃的橡实。故知橡实当是猴子的零食，不然这么小的东西，三个或四个，猴子如何吃得饱？剥壳有肉，肉如香榧，但麻嘴，如果不麻嘴，应当有香榧的滋味。年柴不用风箱火也自旺，火苗吱呀叫着从灶膛里喷出来，喷出的小火股亮白。

山上千般草，春来都是绿色；秋后的柴也是千般草，此时皆为枯色。而灶下一把一把烧着时，还是依稀都能认得，不同的柴，火性不一，干枯着的气息也不一样。豆秆煮豆、稻草烧米也有。山柴烧米饭应该特别香。

木芙蓉与松花

　　做青饼,用松花做生粉,既防做时黏连,又让饼的满身洒上了金黄色,艾香中更添了松花香。艾香是药香,松香是清香,饼又如手掌大月亮圆,新做出时柔软温暖,就令人无端做月色、松林、溪和桃花的联想。

　　木芙蓉居然不落叶。"袅袅兮秋风,洞庭波兮木叶下",我一直以为这所说的就是木芙蓉。木芙蓉叶大如梧桐,又菊一般秋天开花,花又如芍药牡丹。乔木花大如碗者,不多见。

　　木芙蓉,同一株树上,有白花、粉花、艳红花、绛红花、黄花,着锦一样地闹。木芙蓉无香。木芙蓉有香,莫非秋风?艳的花大都不香,菊花除外,菊花原本只是一色的黄,也难说其艳。木芙蓉开在一座坟冢旁,又高树繁花地立在姗姗秋风中,很令人惊艳。

　　满眼萧瑟中有这样夺目的热闹,小孩子自然忍不住爬树攀折。木芙蓉结花在顶,花枝柔韧,折也不易。折了来也不知爱惜,弄些断枝碎叶、零散的花瓣在地上,满地狼藉。

　　月照松林,松花与桃花一起开在山上,一样无声息。花入夜色,明月来照，山河在银辉里失色，花也一样。松林在白天也黑如山之影，而月下看去，反倒有些苍白。松花满枝，在夜里，曙色起时，清风里松枝上的花，满目金黄。松花细碎，开不出桃花似的整朵来。松花开作粉，清明前后，溪流上浮着一层黄，随波而下。僻壤将松花当作尘看，三月天花如浮尘，松花满天纷纷地扬。

掸松花，攀下松枝来，把满枝的松花尘一般掸落在怀里。村妇系着土布的围裙，兜起来可盈数斗松花。松花可以吃。

清明做青饼。我固执，一直把"青饼"叫作"清饼"，虽然音一样，心里一直想着"清"，清明节的饼。僻壤将初生的艾蒿叫作"青"，割来榨去苦汁与米粉掺和做成饼。饼是青草的颜色，留有艾草的香，又有别名叫麻糍，可能最早是麻叶掺做的糍粑。做青饼，用松花做生粉，既防做时黏连，又让饼的满身洒上了金黄色，艾香中更添了松花香。艾香是药香，松香是清香，饼又如手掌大月亮圆，新做出时柔软温暖，就令人无端做月色、松林、溪和桃花的联想。

麦秸秆

　　麦秸秆可以接起来，接得长长的，井边站着，可以从井里吸水喝。最过瘾是从酒缸里偷米酒，浊酒从麦管流到嘴里，婴儿吮乳一般。

　　立夏蚕豆熟，麦子也跟着成熟。麦子成熟由青渐黄，麦浪也从碧绿泛作金黄。葵花开花，麦子成熟，都是纯正的阳光颜色。麦田金黄色，有连绵一片的，也有在山腰、路边东一块西一角的。远看，群山如百衲衣，麦田便是缀着的明黄而鲜亮的补丁。

　　五月麦子香，栀子花开，香在山色苍翠间。麦子黄熟的香有人间烟火味。麦浪是朗笑的样子，从远处感染到近处，又从近处浩浩荡荡到远处，非常喜悦。大麦有芒，麦粒上长有针，麦子熟时麦芒易折，但在风中不折，风便嗞嗞有声。风在麦地起伏如抚摸，摇晃得麦穗起伏，麦田有如池水。

　　小麦先熟，抽一穗双手搓之去壳，尝一尝生麦，估收成。麦粒生而微甜，炒熟生香。大麦晚熟。麦子收后，麦田里都是一扎一扎的麦秸秆。小麦秸秆性脆，皮色老黄。大麦秸秆性韧，银亮。小孩子喜欢大麦秸秆。大麦秸秆做哨子，灵巧的嘴可以吹出鸟叫声。小男孩嘴里抿一排麦哨子，憋气鼓腮，发出难听的声音。羡慕吹得好的，谁的麦哨吹得好，这个季节他就是王。

麦秸秆可以接起来，接得长长的，井边站着，可以从井里吸水喝。最过瘾是从酒缸里偷米酒，浊酒从麦管流到嘴里，婴儿吮乳一般。

用剪刀将麦秸秆一根一根地剪来，放在竹篓子里，媳妇姑娘们会编各种东西。用麦秸秆最易编的是"稻桶"，那种口大底尖的四方体。稻桶是木做的收稻麦的工具。从前双手握一束麦子，在稻桶边上重复摔打，脱粒。麦秸秆编的小稻桶从碗大到斗大，轻巧精致，小孩常用来盛煮熟的豌豆，不担心捧不牢落在地上摔碎。麦秸斗盛豆，银黄盈碧绿，麦秸与豆子皆时令，食有豆麦之香，是很深的怀念。

麦秸秆编做的最常用的器具是放针头线脑、顶针、碎布的盘。这盘用老话叫"嫁空篮"，意思至今不明白。也可用麦秸秆编成马和狗，其实是几个菱形的组合，扎了红布条，在桌上能"站"，就很稀罕。

筷束似的麦秸秆，在桌面敲一下使之齐，一头如蜂巢。举在眼前管窥，千疮百孔中望，人和东西在远处依然整齐不支离。

灯 芯

　　草做的灯芯委实太细，灯微比烛弱，巴掌大的光亮。
这样的夜晚就常含糊，风声雨声里灯苗会跳，使人惊心。

　　灯芯草的叶子是圆的一条线，样子像葱，比葱更细长，也是丛簇而生，一丛丛密如乱发，长及牛腿。灯芯草的叶或许不是叶，是茎。这叶子实在不像叶子，如果能把它缩小，就会像一根头发，光滑软韧青绿色。草席是灯芯草编的，一床草席睡旧，会把草席睡出一个个断烂的洞。我曾经剥过席上的断草，把皮剥去，是灯芯。

　　灯芯草的芯是白色的，海绵状，长长的可以用来做灯芯。油碗里放一根灯芯草的芯，点亮，一灯如豆。

　　灯芯草生长在水洼湿地，与茭白、水芹、菖蒲为伍。食草的牛、羊、鹅、鱼都不吃灯芯草，虫子也不吃。灯芯草秋冬也不凋枯，也没有人割了用来当柴火。

　　青蛙露出双眼在水面，喜欢浮在灯芯草下乘凉。湿地的萤火虫特别多，从灯芯草的草窠里三五成群地飞出，闪闪点点，有时并不飞，停在灯芯草上，像一粒粒一呼一吸间明暗的星火。

清晨，灯芯草挂不住露，荷叶、芋叶如掌，承托着珠一般滚动银亮的露，灯芯草干净得细水珠也没有。在浅水里捉了鲫鱼、泥鳅与鳝，用灯芯草穿在嘴与鳃之间，草的一头打一粗结，先穿嘴小的垫底，一根草可以穿上一挂提着。

　　初夏，有人挑着草席走街串巷卖——荒村人自己并不用灯芯草编草席。草席色是黄白的，而灯芯草碧绿，使人产生不了是同一种东西的联想。又，可以织席的草似乎很长，而荒村的灯芯草长度有限，这草就只可用来做灯芯。灯芯草一草可做一年的灯芯，草又是密密丛丛地年年生，故荒村最不愁的是灯芯。

　　草做的灯芯委实太细，灯微比烛弱，巴掌大的光亮。这样的夜晚就常含糊，风声雨声里灯苗会跳，使人惊心。

　　后来忽然没有了碗灯，碗改成了瓶，灯芯也是粗如筷脚的棉线拧的，用铁皮管束着，灯就亮焰焰，亮可及屋了。棉线久燃结炭，用针拨，一拨灯花毕剥作响。灯花令人遐思，说灯花闪，是远方有人在思念。

　　有玻璃罩子的灯是美孚灯，薄玻璃做成的灯罩叫"蛋壳"，"蛋壳"易碎又要经常擦。灯芯成了扁的带子，灯芯的升降可捻，灯头成了一个嘴一样的装置，扁扁的灯芯如嘴里可伸缩的舌头。舌吐灯火很明亮，光亮透窗出屋外，灭灯从此不用吹，缓缓地捻灭，不会使人一下沉入暗中去。

　　还有　种大场面时用的汽油灯，比马灯大，需要打足油，灯油就喷在半个乒乓球大小的网罩上，这网罩就是灯芯。我们把它叫作灯"卵黄"。卵黄是睾丸的异名，很形似。灯"卵黄"燃起来雪亮而刺眼。结婚、开会做戏文，梁上高悬汽油灯，油不住地喷，灯呼呼地响，比白天还亮。灯灭时，灯"卵黄"不能碰，一碰就要散作灰尘。

豇 豆

　　常叹南瓜不能像西瓜那样生吃，而看上去，分明是可吃的，而且可以想象出很好吃。有一种南瓜表皮如蛤蟆疙瘩，扁圆形，老了时滋味极"粉"。粉是沙糯的口感。

　　和尚山上有山地，在半山腰，浇灌的水需要从山下挑上去，费尽力气。于是种豇豆，豇豆是旱物，如果不是过分干旱，夜露薄雨就足够滋润。

　　豆是可以在瘠地里种的，而南瓜需要在有水又肥沃的土地里种。结的实，一是豆，一是瓜。瓜大而无当，滋味也稀，一般用来喂猪；豇豆则是食物中的好东西，冬至做团子，大都是豇豆馅。我就常为豇豆鸣不平。

　　南瓜皮老肉就粉，个儿大皮薄，煮熟后"水出烂糟"。剖南瓜，一刀下去分两半，金黄色，有甜丝丝的南瓜味。掏金黄如缕的瓤，一捏，挤出饱满的南瓜子，留种或者炒食。南瓜可食是皮瓤，肥厚异常。常叹南瓜不能像西瓜那样生吃，而看上去，分明是可吃的，而且可以想象出很好吃。有一种南瓜表皮如蛤蟆疙瘩，扁圆形，老了时滋味极"粉"。粉是沙糯的口感。

南瓜坐老是秋天,此时瓜的藤蔓都枯去,蒂橙黄色,老足的瓜蒂可以掰下,像一枚图章。而秋天,山上的豇豆也老,摘了来一晒,乌红的豆子从荚里蹦出来。豇豆乌亮,冬天堆雪人做眼睛,特别有神。

豇豆煮饭瓜,饭瓜就是南瓜。金黄里嵌着粒粒乌亮的豇豆,放点糖可以当饭,放点盐可以当菜。力薄的小孩、女人拣瓜吃,力厚的男人拣豆吃。

胖娘与老蚂蚁做夫妻,就像豇豆煮南瓜。胖娘是南瓜,满碗皆是的夺目。老蚂蚁则是豇豆,是滋味。如果没有豇豆,煮熟的南瓜是只配喂猪的。而豇豆煮了南瓜,豇豆只是辅料和陪衬。

"豇豆煮饭瓜,红头苍蝇分不出。"这是一句俗话,意思是饭瓜里的豇豆就像落在碗里的红头苍蝇。豇豆与饭瓜配,看上去就是丑陋的事物。

梅

　　不善酒的人喝醉不独脸红，脚底也红。红梅也是这样，树根也是红的。这样的刨根问底不是常识，经常把树移来挪去，偶然看到的。为何腊梅根不黄，白梅根不白，这就要多一分寻思出神。

　　白皙的脸皮，喝酒上脑了，或是掸了胭脂，都会白里透红。雪化水，积不起白来，有莫大的委屈。红梅此时开了，好歹也算雪里红梅。

　　不善酒的人喝醉不独脸红，脚底也红。红梅也是这样，树根也是红的。这样的刨根问底不是常识，经常把树移来挪去，偶然看到的。为何腊梅根不黄，白梅根不白，这就要多一分寻思出神。

　　三个月后梅子熟，白梅成杏色，红梅的梅子有斑红。红熟的梅子不甜，也不酸苦，是一种无味的滋味。明白天意就是格物，雪里红梅一直是人世间的有，没有就是天大的失，虽然无关人的痛痒。

　　我七岁第一次看到画那种东西，那张画就是雪里红梅，梅树下一个圆脸的小姑娘，大步流星背着书包去上学，就立志要娶这样的女孩做老婆。这样的女孩如今细想,空洞得只有圆脸的长相。世上没有圆形的鞋,鞋都是马脸,世上的女人也没有画上的那种圆脸。

雨中的梅花不好看,雪中的好看。雨中好看的是石头,个个都是干净模样。

腊梅非梅。看不出腊梅有喜气,但总是每年要开,开得连枝结簇,一树热闹的明黄,阴霾的雨天里夺人眼目。湿雨,是假的雨,并未见雨丝,浓重似雾霾,水滴在腊梅花枝上流下来,树枝的颜色冰冷。黄色并不是很暖的颜色,腊梅花的黄是薄的,开得这样鲜明的意思,是断然不知寒意。

每年腊梅盛开时,总是阴雨天。喜欢在雨地里开的多是黄花,迎春花也是,油菜花也是,黄色的菊花也是。黄色的花开在雨里有亮色,但雨中黄花能让人觉着"俏"的,只有腊梅。腊梅不是梅,就像吊兰不是兰,爬山虎不是虎,是仿佛类似而起的名。人这样起名的也有,阿狗并不是狗。

植物的名字越莫名其妙越好听,如天门冬,天门的冬天,天是有门的,而且冬天也有,这可以顺着念头令人寻思呆想小半天。还有半夏,半夏这个名是断想,半春半秋都不好听,独半夏有衣衫尽除、赤膊树荫下喝凉水、大蒲扇取凉风的联想。

夏天是好的,好在明白。这个明白是亮堂的感觉,照在哪里哪里亮。半夏也是好的,把夏天掰开,如分饼,因此两个半个。夏天应当有两个半夏,还有半个在哪里?半夏是草,半夏没有另外半个。

又说腊梅的名,腊月里的梅花。腊是白,腊月是雪白的月份,冰雪之时最冷的季节。腊月是年底。

花枝风中摇曳,招展是另一种状态。湿雨中久站头发会起露,一捋一把水。如果把头发剃掉,光光的头皮不积水。多余是要生出多余的。

葵　花

　　葵花自家种，炒熟大家吃。风霜雨雪的闲日子，大人小孩都兜一把瓜子嗑，簌簌的声音如鼠啃竹。瓜子吃得起瘾，欲罢不能，我从前的办法就是把还没吃完的都扔掉。

　　葵花是脆弱的植物，粉绿的。种在水边的葵花临水有影。记得葵花喜欢凉爽。

　　葵花籽叫瓜子。香瓜子就是葵花籽，是香的瓜子，而不是香瓜的籽。没有籽播过葵花，我们种葵花都是向别人讨来青秧。豆瓣似对生的两片叶，如双手腕合掌分的一种姿势。初叶是光洁厚实的，再抽出的叶还是对生，从两片初叶的中间很嫩地抽出，而叶面就有了茸毛。

　　葵花长得很快，叶越展越大，秆越长越粗。秆也是粉绿色，长着跟叶上一样的毛刺，手去握一下，细刺就留在手上，不痛，只感觉毛糙粗涩。葵花可以乱种，路边可以种，院子里可以种，种在土里，梅季雨水多，日长夜大，没多久就比小孩高。出梅后小孩常摘葵花叶置头顶，仿佛可避烈日晒顶，其实是玩的把戏。

葵花从秆的顶上开花,花盘如镜,花瓣镶边一圈,色是花中正黄色。这样的黄色南瓜花和菊花也有。零星的葵花开花,因土有肥瘠,显高矮大小。葵花大多数向阳,也有个别慵懒的不向阳,摆一个向阳的姿态,侧着。

花盘也是黄色,渐渐盘面鼓出,成了深黄,而四周的花瓣仍是金灿灿。籽熟花头沉重起来,葵花就低头,低得面目朝地,如在寻自己在地上的影子。待黄色的花瓣风中丢尽,花盘中的花籽粒粒饱满。花籽在盘中是粒粒嵌着的,排得整齐,纵横线拉过一样地直。这样的整齐需要精心安排,只有葵花会。

剥花盘是很过瘾的劳动,其实不是剥,是把葵花籽从花盘中搓下来。大拇指用力搓,花籽牙齿般一排排倒下。花盘中央的花籽最大最饱满。葵花籽的壳是硬的,里面的仁只有孤独的一粒。

葵花自家种,炒熟大家吃。风霜雨雪的闲日子,大人小孩都兜一把瓜子嗑,簌簌的声音如鼠啃竹。瓜子吃得起瘾,欲罢不能,我从前的办法就是把还没吃完的都扔掉。

金银花

  人独处的时候被别人偷看,及发觉,自己会有做了坏事一样的惶恐。花粉从没有看见过我变得这样陌生,所以奇怪得笑了。这时候我闻到花粉是有气味的,花粉笑的时候有金银花的气息,平时是没有的。

  金银花在裸着的岩石上爬,一直不能将岩石全部爬遍。岩石在村头,是一面很大的石坡,人爬上去蹲着,小如一只鸟。岩边有各种灌木与杂草,长得都很低矮。草窠树丛里,有可吃和不可吃的野果子,还有山雀的巢。山雀的巢用枯草织成,有的架在灌木的小枝上,有的干脆铺地为巢。弯腰拨开低低的草叶,忽见一只玲珑温暖的小巢,隐蔽在你很少能想到的地方。

  鸟原本是在天上飞着的,我们一般都是抬头仰望。我常想,水里看鱼,天上看鸟,各有不同的"域"和世道。不料鸟的巢就在脚边和眼前,那么弱小和可怜。鱼的世界无风雨,鸟的世界则有,草盖叶挡的小巢穴,碗似的朝天仰着。鸟贴地从草窠中飞出,雌雄一家,宛如人间世态。

四月暮雨布谷叫，薄寒中，草木的绿意里鸟在孵卵。五月鸟来鸟去，叼虫寻谷，大鸟喂小鸟。小鸟羽丰弃巢时，岩边金银花就开了，一样的花模样，忽然雪白，忽然金黄。这就有节奏，顺着藤蔓朵朵开，像花在走路。

　　金银花的花蒂有蜜，不但蜂知道，僻壤的小孩也知道。摘花在嘴里吮，隐约一滴雨丝似的甜在嘴里，认真些就能觉到。

　　每个人都有气味，大同小异，一堆人挤在一个屋子里散发出来的气味就是人味。这样的味一篮子茄子也有，那是茄子味。一笼鸡也有，是鸡味。人对人味平时是不经意的，但是大风几天几夜刮过之后，从菜地里割菜回来，一迈进屋，屋子里暖暖的，就能闻到一屋都是人味。

　　花粉平时是没味的，我嗅过。冰和雪花也没味，我也嗅过。没味的人等于不存在，我是说如果闭起眼睛，又没有声音，好像不存在。

　　我无聊时会在桥头的石凳上睡上一觉。我只要把自己想成跟石头一样沉重就很快会睡着，这一般在白天天气好的时候。这样的睡，过往的人不会在意，因为跟他无关，也不是很惹眼。有一次醒来，我头后面石凳旁无声无息站着一个人在看着我，是花粉。如果她有气味，我是能察觉的，但她没有气味，所以看见她就很突然。小小的花袄，旧棉布被面改的，梅红色的印花。我惊得心魂不守，大喊大叫。

　　花粉被我吓笑。人独处的时候被别人偷看，及发觉，自己会有做了坏事一样的惶恐。花粉从没有看见过我变得这样陌生,所以奇怪得笑了。这时候我闻到花粉是有气味的,花粉笑的时候有金银花的气息,平时是没有的。我说不出金银花是不是香的,但金银花盛开时,空气中有一种清清逸逸的气味,与晚饭花相似。许多花都是不香的,但都有花的气息,金银花的气息跟花粉笑时的气味一模一样。

夜夜红

  外婆摇着蒲扇讲故事，故事是老掉牙的，大多也不能讲全，如一本残缺的破书。只有牛郎织女，听时瞟一眼天上的星，就像是指人说事，就会有遐想，就会追根问底，一般也问不到底去。

  这两座桥都有来历，但人都不知道来历。一座叫环龙桥，另一座无名。两座桥都是石桥。无名桥的桥头是我外婆家，是一栋旧屋，北面临着街，东面临着溪。溪深一丈余，水在溪底浅可及膝。顺台阶走到溪底去，桥下铺有石条子，放在溪边做埠头。洗衣淘米都在桥下的埠头上，桥就如屋宇般可以躲风避雨。

  旧屋临溪的一边，山墙直下是一块路一样窄窄的竹园，竹园直下是溪。溪边多树木，上溪下溪两头看，都是树木。溪壁和临溪屋子的墙，都爬满藤，木莲或者爬山虎。桥是平石桥，三米来宽，五米来长。街从桥上过，桥头有两块春凳般大小的石头，可以坐卧。如果桥再大再精致一些，这位置放的该是石狮子。

  石凳连竹园的空地，野生了一株花，后来变成一大丛，入夏，开满紫红色的花朵,这花叫作夜夜红。夜夜红黄昏开,开时看上去,花一下子比叶还多,绿叶被挤去,躲在了花的后面。盛夏山绿田野绿,竹子青藤也绿,桥头的夜夜红,就火一般惹人。傍晚用水洒街和石凳,入夜萤火虫从溪上桥边飞过来时,人就在桥头纳凉。纳凉洒水时,不忘给夜夜红浇一盆,花在傍晚的余光里,就滋润有神气。

躺在石凳上,迎面是天,看银河,银河两边星无数,闹得像闹市人在说话,只是远得你听不见。我认识的只有北斗,还有牛郎和织女。凉风从桥头过,石凳边的花叶翻动。星空熠熠里,天地很幽远。"一粒星,格伦敦;二粒星,挂油瓶;油瓶漏,炒酥豆,酥豆酥,种麻苏……"这儿歌,小孩都会说,伸着脖子边看星边说,说得天街如水,月亮从山冈上升起来。夜夜红在星光里是暗红的,月色下银灰,花依然烂漫。萤火虫在花间一闪一亮地飞,照到花上时,不眨眼看,是短短红点。

外婆摇着蒲扇讲故事,故事是老掉牙的,大多也不能讲全,如一本残缺的破书。只有牛郎织女,听时瞟一眼天上的星,就像是指人说事,就会有遐想,就会追根问底,一般也问不到底去。

兰　草

　　我与兰的缘分是满的，到如今是我养着兰，兰养着我，不仅只是相知与相识。荒村山野多兰草,村人也都是不识的。许多草木不知名，后来识了草名，但名与草是分开的。记忆中的许多东西，需要后来去重合，一合是恍然，也有些怅然。

　　石板街走到头，过竹林，再过一畦菜地，山脚下有片屋子。相传这屋子主人祖上的祖上，出过举人。举人先生及第后，同科的"同学"相约要来访，荒村乃远地，此是大事。为了不使贵客轻看，举人家卖掉家里的田地，造了一个花园。

　　这花园几百年后幸存下来的，只是一个名。作为地名的"花园"没有花。

　　花园对面有一座木房子，是两层楼，江南的黑瓦粉墙。但旧了老了，颓败剥落，靠歪斜的柱梁撑着。这木楼爬上去吱嘎作响，我对楼的认识就从这老屋木楼中来。伏在木栏上，能看见整个村落。整个村落是田地、山水、屋，屋上灰瓦似鱼鳞。安静的黑色压着整个小村落,听风摇树,看鸡打鸣。

在一个安静的下午,我登上木楼,阳光是好的,不是幻觉。

木楼的名字叫老屋,有砖垒的花墙,苔蕨驳杂。从花墙的漏孔看出去,是菜地。菜大如盘,翠生生地疯长着。一条废阴沟,被一种草样的植物长满。草正在开花,丛丛簇簇,满梗满花都是嫩绿的,鲜灵如碧玉。一驻足,迎面扑来一阵幽香。

我都不知道这是兰,兰是很久以后才认识的。如今也是因为养兰,才去记忆深处寻,寻到这一个段落。相对照,这一片丰茂的绿色确是兰。我与兰的缘分是满的,到如今是我养着兰,兰养着我,不仅只是相知与相识。

荒村山野多兰草,村人也都是不识的。许多草木不知名,后来识了草名,但名与草是分开的。记忆中的许多东西,需要后来去重合,一合是恍然,也有些怅然。比如《诗经》中的草,后来发现许多都是地头屋角常见的,贱得无名,不料名在《诗经》中。我辈在荒村实在活得很草率。

苦楝树

　　树上的麻雀们终于忍不住啄食苦楝树蜡黄的果子了，只一口就囫囵吞了下去。这样的吃法应该不会很苦，一枚果子能使鸟立即就饱。苦楝树果子的核很大，果肉很薄，是肥皂一样的质地，吃了会恶心呕吐。不知道为什么，鸟吃了后并不恶心呕吐，只是把苦楝树的果核飞到哪儿随屎拉到哪儿。于是苦楝树到处生长。

　　秋天是有界限的。天冷了，矢车菊萎靡地开在墙根，所有的草在初冬都会在风里发抖。草的瑟瑟是一种声音，一大片瑟瑟干枯的声音。墙根的蓝菊花正好向阳，有一些温暖，阳光刷在墙上是一种纸上画不出来的黄色。那种颜色并没有把石头盖住，只是浮在石头上。阳光照在蓝菊花上面时，干枯了的蓝菊花这时候突然像是活了。有了灵魂才算活。蓝菊花是墙根的一棵草，三五朵淡蓝色算盘珠子一样大小的花，它们好像一直没有灵魂，但叶子焦干花还开着，十分安静。

　　树对鸟来说是特别的。没有树它们就没有地方休息，很多时候鸟来树上只是为了吵,一刻不停地吵。我二舅吃肉的时候,鸟又来树上吵了,吵得我二舅吃不安稳肉。二舅生了气,把咬了一口的一块肉放回碗里,拿了把斧头去砍树。这是一棵苦楝树,正开满紫色的花。二舅费了好大的劲把树砍倒,可鸟都飞到另一棵苦楝树上继续吵。我二舅的肉已经冰冷,他没耐心再去砍第二棵树,只好在鸟的吵闹声里,闷着头把肉吃了。

夏天的苦楝树会聚集三样东西:蚂蚁、鸟和小孩。蚂蚁是来觅食的,一般都排着队,在地上排着队,在树干上也爬得前后有序。蚂蚁爬树似乎不是很吃力,与在地上爬时一样轻快。我们也爬树,爬到树杈上去坐着。苦楝树枝疏叶软,看上去特别招风,这就好像比别处凉快。坐在树枝上会荡,又好像有些舒畅,喜欢这样花枝招展的动荡。

苦楝树夏天开花,花紫色,一串串长在叶顶上,花序东摇西摆。蚂蚁们大多数时候空着手,一无所获,它们一刻也不休息,只知道爬,有时候越爬越多,浩浩荡荡。我们在树上睡觉时,花粉在树下蹲在地上偷偷地小便,恰好被我看见。我看见一注热水射出来在尘土里掘坑,路过的蚂蚁们四散着仓皇地夺路而逃。这事情奇怪极了,我一直没有对其他人讲过,花粉自己也不知道,那一次她淹死了好几只蚂蚁。

满眼苦楝树。我外婆所说的满眼是指菜园边上的三棵苦楝树。一棵被我二舅吃肉时砍掉,剩下两棵。苦楝树好像没什么用处,不会有人去种它,那年头野生苦楝树多的原因,是鸟的饥饿。苦楝树全身都是苦的，果子蜡黄，大小像小枣子。蜡黄对于果子来说是一种非常可口的颜色。尤其是冬天，万物萧瑟，到处没有可吃的东西，苦楝树蜡黄的成串的果子非常醒目。饿极了的麻雀们，停在苦楝树落光了叶的树枝上，在风中叽叽喳喳经受着明知不可吃的诱惑，时间一久，产生了幻觉，被愿望逼出了幻觉。

对苦楝树蜡黄的果子，我也有过许多次鸟一样的念头，而且也忍不住吃过。树上的麻雀们终于忍不住啄食苦楝树蜡黄的果子了，只一口就囫囵吞了下去。这样的吃法应该不会很苦，一枚果子能使鸟立即就饱。

苦楝树果子的核很大，果肉很薄，是肥皂一样的质地，吃了会恶心呕吐。不知道为什么，鸟吃了后并不恶心呕吐，只是把苦楝树的果核飞到哪儿随屎拉到哪儿。于是苦楝树到处生长。

扫帚树

　　扫帚树的枝条，丝丝都会烫人。她是一打一问，承认了就住手。可我一直无法使她住手，她就抽，一直抽到我的倔强使她心疼。这世上，唯一这般细致切身抽打过我的植物是扫帚树。我至今还种扫帚树。

　　有一种植物叫扫帚树，说是树，其实是草、一年生草本植物。扫帚树不用正经的土地种，随意种在地头屋角，高可及胸。这种植物枝条繁密又纤柔，秋后可用来扎扫帚。扫帚家家都得用，扫帚树也是家家都会种。荒村另一种植物也很多，就是鸡冠花，鸡冠花是野生的，籽被风一吹，到处都会长。只要不刻意除掉它，鸡冠花就与扫帚树一起一丛丛老在秋天里，一起落叶。野生的鸡冠花要比种养的扫帚树好看。这种好看，也不是好看，是一种韵致，觉着两样植物一齐老，鸡冠花比扫帚树离秋天更近些。

　　每年要用扫帚树扎扫帚，用完一把扎一把，扫帚树也是用一棵拔一棵。秋后黄了老了的扫帚树，就枯草一样在墙外屋后经冬"站"

着,站得很落寞。到深冬,扫帚树不再是枯黄的了,变成了烟灰色。扫帚树呈烟灰色时,天色也大多是阴霾灰暗的,这时就是一年到了头,年关了。

新年是新衣服、压岁钱以及平时没有的吃食。潮湿阴冷的天气里小孩都是糖葫芦般通红的脸,热闹、欢乐得人人都像"阿福"。这样的好日子,好得手心会出汗。

我得到了两毛压岁钱。我外婆同意我拥有一天,明天就得交给她存着。她给我存着用来以后读书,以后娶老婆。遥远的打算渺茫得使人连想法都不会有,也是来不及计算的。两毛钱不离手,一直捏着,舍不得放到口袋里。

老屋是临溪的,溪上有石拱桥,老藤纵横的桥身下,是清澈的流水。站在桥上,可以看溪水流很远,风一来卷起一些枯叶,飘在桥边上打转,然后落到溪水上漂走。这会使小孩兴高采烈,把手中的两毛钱兴奋地举在空中,扬着手臂舞动。

钱被风一下抽去,像树叶子一样荡在溪水里,漂走了。

我外婆以为这钱不是漂走的,是被隔壁做裁缝的驼背骗去的。再三逼问之下,我都如是说:钱在桥头被风吹去了。这就令她很生气,她气我说了谎,又气我竟那样包庇那个与她有过节的恶驼背。她气得脸发青,剥光了我的衣服,按在条凳上,手执一束扫帚树的枝条,要我重说。我不敢说谎,她一下一下从我的小腿肚抽起,一直抽到脊背。扫帚树的枝条,丝丝都会烫人。她是一打一问,承认了就住手。可我一直无法使她住手,她就抽,一直抽到我的倔强使她心疼。

　　这世上,唯一这般细致切身抽打过我的植物是扫帚树。我至今还种扫帚树。

矮　李

　　阿青爷爷孙女约有五六个，孙女少，他对孙女不赶，也不招呼。孙女摘李时，他看都不朝她们看，当她们不存在。

　　与矮李最近似的植物是郁李。我只在荒村见过一棵矮李，看过它的花，吃过它的果，与它一起晒太阳。矮李只有一米多高，与我们一般高。我与阿青一直把这棵矮李当朋友，经常在一起玩。矮李是李，阿青的爷爷有三棵大李树，树高花白。矮李在大李树对面的墙根下，只一棵。冬天在背风的墙根，我们在矮李树边玩，忽然看见它吐蕾，花满枝。

　　阿青的爷爷，是个高大斯文、爱穿干净黑衣服、板着脸看人时目光炯炯的古怪老头。他有七个儿子，他每个儿子又有六七个阿青这样的孙子。

　　李树繁花，花洁白，花开一身素，树干都被花淹没。李树多子，子累累压弯枝条，要用竹竿撑扶。岛城的李是青皮红心脆而甜的那种，果熟时皮与肉会裂开，能从外皮的皱裂处见血红的果肉。李子熟时蝉鸣，阿青爷爷的孙子们，总是惦记李树，阿青的爷爷手扯着耳朵，一个个将孙子从树下拖开。拖都来不及时，就用扁担赶。老头不骂人，只虎了脸赶。李是他用来换烟钱的，孙子太多，三棵李树不够他们每人吃几个，所以干脆一个都不给。阿青爷爷孙女约有五六个，孙女少，他对孙女不赶，也不招呼。孙女摘李时，他看都不朝她们看，当她们不存在。

墙角的矮李花开得比李树早，花比李树多，花是重瓣，粉红的。我们和矮李在墙根晒太阳，无比暖和。矮李花落尽，一场透雨后就一个个水泡似的成熟，果如樱桃大小，红比樱桃红得浅，甜比樱桃甜得多。

矮李一天里一树红透十来个，我和阿青静静默默地晒太阳，其实是等矮李成熟，都已经看好这几个红了，那几个还青着。晒到日头快落山，我和阿青离开，手心里攥着带着汗的粉红熟透了的矮李，长长地舒着气，慢慢地享用，甜极。

第二天再去晒太阳，又晒一天。安安静静地不说话，心思都在矮李树上，袖着手阳光下痴傻地挤在一起很惬意的样子，闻一闻，甜丝丝的，又有几个红透了。

我们在树边晒太阳，鸟都不来。本来鸟是极喜啄食矮李的，麻雀啄去矮李的果肉，把核留在枝上。白头翁一口一个，在嘴里咯嗒咯嗒理顺果子的方向，一口吞下。而我们在晒太阳，像管着果树的稻草人，鸟不敢飞来。

半个月果子成熟。太阳晒到第五天，阿青的爷爷阴着脸，站在我们的面前，大手伸过来，拧住阿青的耳朵拎走了。拎到屋里，阿青爷爷放了手，阿青惊惧得一屁股坐地上。阿青爷爷摸出十元钱，扔在阿青的面前：去，去跟你娘讲，做贼都这样有耐心，可以去读书，屁股坐得住。

阿青捡了地上的钱没命地跑，跑过矮李树边，我们都回头，看了眼青绿黄红满树的矮李，咽了一口口水。

阿青爷爷把矮李砍了。

阿青后来果真去读书了，没有像他爷爷料想的那样屁股坐得住。阿青后来长大学了门手艺。因兄弟多，他去了一户人家入赘，做了上门女婿。

蝌　蚪

　　小孩子对成群结队的东西都欢喜，比如雁。雁叫长空，行行南飞，我们都会从屋里跑出来，伸着脖子仰望，眼神都有些痴迷。

　　蝌蚪其实不好看，比泥鳅、小鱼差多了。蝌蚪好捉，往往成群结队。小孩子对成群结队的东西都欢喜，比如雁。雁叫长空，行行南飞，我们都会从屋里跑出来，伸着脖子仰望，眼神都有些痴迷。蝌蚪在浅水里游，也是排着队的。蝌蚪逆水而游时，对着流来的新鲜的水，小尾巴令人眼花地舞动，身子却不是很敏捷。

　　蝌蚪捉来养在明亮的玻璃瓶里，是我们的玩物。瓶里蝌蚪的数量是要比的，一如比欢乐的多少。我那时三四岁吧，尚不能自己捉住蝌蚪，所以没有蝌蚪，只有一瓶清水。

　　一个人坐在石头上，看着身边的清水出神。清水清得无一点杂质，阳光也出奇地纯，在水里闪光。

　　外婆是小脚，四季都是玄衣，六十岁过后，满头的头发都白了。她在水沟边梭巡，迟钝而吃力，想捉住水里波光一样粼动着的蝌蚪。

三月田畴的田埂边,新泥湿滑。她从水沟的下游跟着一群蝌蚪到上游,又到下游再跟另一群到上游。她就佝偻着腰身在沟边一个地方等,眼神绣花一样凝视着水面。伸手,够不着水面。

蝌蚪过来了,外婆紧张地准备着,猛一捞,外婆掉到了沟里。外婆吃力地从沟里爬起来,衣鞋都是湿的,一只手紧握着,手里有一只蝌蚪。

清澈的瓶里有了一只蝌蚪,它朝着四壁的光亮处游,它以为瓶壁外的世界也是清亮鲜活的水。

外婆坐在大竹椅里晒太阳,纳着鞋底。我在旁边坐在小竹椅上晒太阳,看瓶里的蝌蚪。

雪地麻雀

　　据说鸟爪不用力时是蜷缩的，刚好抓住树的枝，用力才能松开，跟人的手相反，所以鸟才能枝上睡。鸟坐着蹲着的样子应该像树上的果，松果像是枝上休息的麻雀，但麻雀很少亲松树，倒是竹林多鸟。细软的竹梢会荡，麻雀晃悠悠地睡觉。

　　麻雀不会老是飞着，麻雀也要憩息。荒村的麻雀大多住在村中央的老樟树上，入夜叽叽喳喳地飞来，一阵一阵地吵，到天晏，就悄然静寂。清晨又一起醒来，又一阵一阵地吵，然后飞去，留下树和寂静。雀巢并不是鸟的家，雀做巢是为了孵卵，等小鸟出壳养得羽成毛丰后，大鸟小鸟一起飞走，各奔东西，不再做一家"人"。雀巢就被废弃，曾经精致温馨的鸟巢，架在枝叶间，孤零如一个旧梦。

　　飞鸟各投林，树林才是鸟的家园。我没有看到过鸟晚上在树枝上安眠的样子，因为入夜鸟睡人也睡。据说鸟爪不用力时是蜷缩的，刚好抓住树的枝，用力才能松开，跟人的手相反，所以鸟才能枝上睡。鸟坐着蹲着的样子应该像树上的果，松果像是枝上休息的麻雀，但麻雀很少亲松树，倒是竹林多鸟。细软的竹梢会荡，麻雀晃悠悠地睡觉。

鸭子是肚子贴地卧的，鸡在夜里是缩成一团的，鹅则最好笑，单腿独立着睡，把一只脚藏肚下，头脸藏在翅膀里。它们都睡得不及麻雀精致。

荒村的冬天多麻雀，草枯叶落的深冬，麻雀只好到人间来觅食。墙边屋角的苦楝树，光枝上挂着成串蜡黄的、枣子般大小的果。这样的果子看似很甜，不但引诱鸟，我们也曾想啃食，但苦楝树果味苦如黄连。麻雀落在枝头上，一下一下啄苦楝树的果，它是不吃的，啄像是一种记忆中的习惯，它已没有东西可吃了。

一场大雪后，地上积起了白雪，雪后放晴，麻雀会从树上飘落下来，在背风的雪地踏雪，留一个一个的"个"字。麻雀也会啄雪，可能是雏鸟，它以为如粉的白雪是可吃的。老鸟用爪刨积雪，在泥土里寻觅雪被下躲着的东西。可什么东西会躲藏在雪被下呢？嫩草？地上的谷子？

雪地里是有谷子的。我们将饭桌上的食罩用一根竹棒撑着，棒上系一根绳子，人躲在屋角，手里牵着绳子的另一头。食罩下撒一把谷子，等麻雀飞来自投罗网。

麻雀在树枝上看着，叽叽喳喳地吵作一团，有胆大的麻雀飞下来，在雪地上跳，慢慢靠近食罩，人和麻雀都紧张着。雪地里金灿灿的谷子，此时此刻很醒目。

猫叫春

猫叫春按理应该是喜事，是春情勃发的欢天喜地，可猫为什么要演绎得这般凄惨幽怨呢？这令人匪夷所思。也许在猫的生活里，这本就是万分痛苦的差事，是不得已。

猫叫春很像婴儿哭喊，"呜呀呜呀，啊……"猫的"哭"腔此起彼伏，呼应着呐喊，像是你一句我一言共同在讲述一件惊天的大事。猫都是夜里"哭"的，听到这样的声音，人会一阵一阵地心紧。如果是雨夜，猫叫春就变得咬牙切齿凄厉极，再配上时骤时缓的雨声，听了会令人莫名地悲从中来。

猫爬上屋顶墙头，眼睛发着绿光，尾巴高扬，有时候就这样叫上许久，没完没了。有时是半夜，突然叫声四起，还伴有打斗声、屋瓦落地声，人就会被惊醒。醒来就睡不着。

夜里听了这样的叫声，第二天总要对猫另眼相看。猫一如既往，温顺地卧在窗台上，细声慢气"喵喵"地向你讨可怜，不让你与昨夜惊天动地的哭喊发生联想，装出一副不是它干的的样子。

猫是怪异的，白天黑夜不一样，眼睛的颜色也会变，似乎有两条命在身躯里，白天黑夜轮着活。后来人说猫有九命，一猫九条命，意思是猫可以死九次，就算从高楼上将它凌空扔下，它也会在空中腾挪转身，然后四脚落地。这又是很怪异的事。可能是为了对付这种怪异，乡下的风俗，在猫死后，用草绳如上吊一般将猫吊在野外的树上。这般"牢靠"的葬法，有不至于猫死了又逃回来的意思。

如果将死猫吊在棕榈树上，这情景就最为恐怖。棕榈树又叫夜枭树，夜枭是猫头鹰。旷地里"无端"站着一棵棕榈本就有些异样，又吊了一个或几个猫尸在那儿，而且绳子都是长长的，很醒目地挂着。风来时棕榈树看上去像在浑身发抖，扇子似的叶子不断地发出"忽忽哈哈"的声音。我们小时候都不敢看。不敢看就有偏要看的欲望，就忍不住去看，看了更怕，不知是谁"哇"地发出一声喊，大家没命地逃，逃不快的小小孩便落在最后面乱哭。

猫叫春按理应该是喜事，是春情勃发的欢天喜地，可猫为什么要演绎得这般凄惨幽怨呢？这令人匪夷所思。也许在猫的生活里，这本就是万分痛苦的差事，是不得已。

阉 鸡

  散养的鸡有时会到养大群鸡的人家去觅食。一只母鸡无意闯进了雄鸡笼里,十多只雄鸡都发疯,浑水摸鱼似的,半晌就把母鸡活活踏死。鸡确与人不一样。所以荒村的雄鸡需要阉,阉后的鸡变成了"太监",细皮嫩肉的,只是不能再啼。

  雄鸡踏在母鸡的背上,母鸡就蹲下,蹲得肚皮贴在地上,才能受住雄鸡的重量。雄鸡有力的爪抓住母鸡的背,头一愣一愣地昂,片刻就完事。跳下来时,爪子会顺便带下几根母鸡的背毛,可一转身就丢掉。鸡毛被风吹去,荡悠悠地飞。鸡媾合,叫"打水",雄鸡"打水"后,叫起来特别响亮。

  我们经常看,不解的是,雄鸡它根本不须看,就能很准确地找到母鸡的那东西,而这是需要拐弯的。母鸡仿佛是被迫,不得已,所以起身就咯咯咯地不满。母鸡也不脸红,母鸡只在下蛋时脸红,下了蛋从窝里跳出来,边叫边一板一眼地来回走,非常严肃的样子,告诉你发生了大事。

荒村养鸡用鸡笼，竹篾编的，孔如网眼，如罩，可以提起。

鸡雏绒绒毛，初春，被放在竹编里挑雌雄，两个筐，内行的两手不停地抓，小鸡叽叽叽叽地吵，片刻就能分开。养鸡多的人家，鸡大时，雄鸡养在雄笼，雌鸡养在雌笼，就像男女寝室。雄鸡窝里没有母鸡，雄鸡是不斗的。雌鸡窝里，食料总比雄鸡好，雌鸡新下的蛋，叫"新草鸡蛋"。母鸡没与雄鸡"打水"也会下蛋，叫"无水蛋"，是无精卵，下了专门给人吃的。母鸡"打水"后下的蛋要孵小鸡，灯光下照，"无水蛋"清爽爽一汪蛋黄，"有水蛋"蛋黄里有一条白浊。小孩不给吃"有水蛋"，认为"荤"，吃了人要蠢，读不好书。如今反而专挑了给小孩吃，认为是"补"的。荒村寻常人家只养一两只鸡，就野地里放着，鸡就到处自己寻食。昆虫、树果、草籽，甚至草，鸡们都要吃，某一个季节鸡还啄小石子吃，内行人说这是炼肫。

散养的鸡有时会到养大群鸡的人家去觅食。一只母鸡无意闯进了雄鸡笼里，十多只雄鸡都发疯，浑水摸鱼似的，半晌就把母鸡活活踏死。鸡确与人不一样。

所以荒村的雄鸡需要阉，阉后的鸡变成了"太监"，细皮嫩肉的，只是不能再啼。

阉鸡是门手艺，阉鸡人工具包别在腰上，公文包模样，是所有手艺人里派头最大的。皮包里面有刀、钩、钳等各种工具。阉鸡人负着手走村串户，人们看见他腰上挎着的家什，不问都知道这是阉鸡的。

阉鸡人坐矮凳上，膝上铺一块帆布，捉鸡过来布上一放，一撮撮拔毛，鸡小腹的皮露出来。只一刀，又拿出竹篾的短弓来，把伤口撑开，用钩把那鸡什子找到，拿出一条细麻绳，绕一个来回锯，"刷刷刷，刷刷刷"。我们小孩都是伸着头老远地张望，不敢走近。不一会儿麻绳就锯下睾丸来，又七七八八搞几下，把鸡扔地上。鸡一落地就能立，只是站着目瞪口呆。

　　阉鸡人趁空档会回头对小孩坏笑：你们阉不阉？小孩不由自主捂裤裆，乱摇头：不阉。

　　不阉的雄鸡做鸡种，走起来昂首挺胸的，四处梭巡着，碰到母鸡就踏一下。天还没亮就报晓，声音响得三里路远可闻。鸡也是夜里睡觉的，而"打水"都在白天。

鱼 罩

　　鱼罩捉鱼我估计是为了玩，是荡秋千一类的，它的形式是玩的，并没有太多实际的用场。我认为大舅在池塘里用鱼罩捉鱼就是玩。罩好鱼他就自顾自又蟹一样举着鱼罩回去了，鱼挂在柏树上，他也不去提。

　　我大舅有两只鱼罩，竹子编的，褐色的竹篾编得很细，他一手一只拿着去罩鱼。鱼罩是一种古怪的工具，是小鱼笼的放大版，长圆形，两头都是开口的，朝下的那一头口大，手拿的那一头口小。提着把鱼罩插下去，如果有鱼，鱼就被圈在罩子里，然后用手去摸。相对于池塘，鱼罩里摸鱼就方便多了。

　　鱼罩的分量不重，伸手进去的口子用棕绳扎了一圈封口，里面有一根可拿的手柄。鱼罩在手里提着时看上去很庞大，尤其是举着去池塘时，我大舅就像一只举着大螯的蟹。这种样子的蟹我是见过的，举着的螯通红，奔起来十分张扬。我大舅的"螯"就没有那么漂亮，从家里到池塘，这么提着是最方便的方法。两只体积很大但空壳的东西他不能用扁担挑，不能将两只拼在一起一手拿着，也不能将鱼罩口子朝下拎着，因为鱼罩有他半身高，如果这么拎，那他的两只手臂就会像鸟飞翔时的翅膀那样架起来，还要被鱼罩坠着。所以他只能朝上举着，不得不举成蟹那样。

这样古怪的造型出门，我会被吸引，远远地跟着，去看他罩鱼。水浅时，他先蹚来蹚去把水弄浑，手走路一样用罩子一扎一扎地罩，看上去沉稳用力，其实是漫无目的。如果真有鱼被他罩住，鱼就会在罩子里跳撞，他就会停一下，用袖子擦一把脸上的水，然后去捉罩住的鱼。鱼是逃不掉的，他从容地慢条斯理地去捉。等手伸进鱼罩，他才专注起来，注意力集中在那只手上，快捷地凭触觉捏水，一下一下，这从他罩笼外脸上的眼睛一下一下使劲可以看出来。

鱼大反而好捉，鱼小就要费不少劲，尤其是小鱼，哪怕在罩子里也十分难捉。非要捉，那就用手搅水，等小鱼在慌乱的奔突中筋疲力尽浮起来，翻白肚。

他把捉到的鱼朝岸上一扔，他知道我蹲在草地上看他罩鱼。我用灯芯草把鱼穿起来，挂在树枝上。白石街的池塘边一定会有树，而且一定是乌桕。乌桕喜欢水，但树性又没有杨柳的水性。桕树长得慢，枝干黑色又多瘦，树就形如苍虬。叶子是心形的，铜钿般大小，到秋天血红血红的，是红叶中最红的。初冬红叶落尽，桕子雪白雪白一串串。桕子磨粉可以点豆腐。豆腐点卤最好是桕子，然后是盐卤。鱼挂在夏天青梅色的桕树叶下，尾巴一甩一甩，片刻就安静得笔直。

如果水深没过鱼罩，他就没办法；溪滩清水弄不浑，他也没办法。鱼罩是专在小水潭抓鱼的工具。这鱼罩是祖传的，四周编着精致的花纹。所有的农具都是不雕花的，而鱼罩有花纹。

我后来没有在其他地方看见过鱼罩，在白石街也只见过我大舅张牙舞爪用鱼罩捉鱼。鱼罩捉鱼我估计是为了玩，是荡秋千一类的，它的形式是玩的，并没有太多实际的用场。我认为大舅在池塘里用鱼罩捉鱼就是玩。罩好鱼他就自顾自又蟹一样举着鱼罩回去了，鱼挂在柏树上，他也不去提。

通常，虽然他没说，我是会把鱼提回去的。但如果是那些翻白肚的小鱼，我也懒得提，让它笔直地在柏树上挂着好了。

鱼

　　鱼如释重负般躺在我手里,仿佛我救了它的命。我感激这条鱼,竟有因为感激而想把它放回海里的念头。当真想这么做时,感激马上破灭。我就这样捉到了平生唯一的一条鱼。其实它并非是我捉来的。

　　我笨拙,摸不到鱼。内行的同伴告诉我,要跟在大人后面摸,大人们一队队摸过去,摸走的少,漏下来的多。水被蹚浑,惊慌的鱼在能见度近乎零的浊水中乱窜,撞人的腿肚子。双手在水里摸,手没有眼睛,如果手有眼睛,能见度也是零,摸索就真个儿变成了摸索。鱼都撞到我手里了,但我的手一次都没有比鱼快过。每一次鱼撞到我但捉不住的感觉,就像是我反倒被鱼在摸。我摸不到鱼,很沮丧。

　　摸的是子鱼。海边的围堰放水,这滩涂只剩下一尺来深的水,而子鱼是成群的,小孩手臂般粗,手电筒般长。溅在身上头上的泥浆,被夏天的太阳晒成干泥巴,在皮肤上结泥痂,海水渍得皮肉通红,会起霜,似盐花。为什么要去摸鱼呢?因为所有的小孩都去摸了。喜欢摸鱼仿佛是人的天性，鲜有人见到可摸又摸得到的鱼而瞟一眼扬长走过的，尤其是小孩，小孩是没鱼也会在池塘里乱摸一气的。

我与水无缘，海边长大不会游泳，海水里别人不用力时会浮，我不用力时要沉，淡水里更不用说。石头是要沉的，但海滩上有浮石，一种会浮的石头，养在水缸里，能去积水的异味。木头是会浮的，也有不浮的木头，比如沉香。我不会浮，如果是石头就不是浮石，如果是木头就是沉香。这是禀赋，天地万物都这样，不浮就合该不浮。

我家门前有口大缸，缸里养着一条泥鳅。那不是一般的泥鳅，是一条蜡黄的已长有两条长须的小手掌般宽的老泥鳅。一年前荒村的水库见底，小孩们去水库底捉泥鳅，我只有在旁边看，我连鱼都捉不到，泥鳅是连想捉的念头都没有。后来好娘给了我一条泥鳅王，我一直养着。每当我伏在缸口看泥鳅时，我父亲总用不屑的眼光打量我，有嫌我没出息的意思。

没出息仿佛已经注定，因为我与鱼也无缘。当别的小孩摸的鱼都快把小木桶盛满的时候，我还是桶也空空，手也空空。他们贪婪而起劲的表情让我更惶惑，我羞愧得只想变成一条鱼，一条连他们也摸不到的鱼。

汪洋里其实都是鱼，有无数的鱼在游。脚下的泥潭水越来越稠，稠得鱼都不能呼吸，鱼木讷地在水面张嘴喘气。有一条失了魂的鱼，在我面前浮着，大口吸气，我好奇地用手指碰了它一下，它连转身都浑然无力。我把它轻轻地捧起来，鱼如释重负般躺在我手里，仿佛我救了它的命。我感激这条鱼，竟有因为感激而想把它放回海里的念头。当真想这么做时，感激马上破灭。我就这样捉到了平生唯一的一条鱼。其实它并非是我捉来的。

我一生里感激过许多东西，而感激的鱼，就只有这么一条。

海上有一种风，名字叫"山切"，空气从山上切下来，能把海上的船摁到水面下。我们摸鱼的那天傍晚，回来的路上，天突然变脸，山风飞沙走石，天一下暗得看不见，一群小孩哭喊着连滚带爬赶在路上。到了荒村的庙前，一道霹雳打在庙旁的大树上，一刹那的闪电里，树的影子在庙屋的屋顶上张牙舞爪，像是树恐怖的魂。同伴把所有的东西都扔了，而我紧攥着那条鱼，一直逃到家里都没有松手。

鸭子嗍卵

鸭子见了红肿的小鸡鸡以为是泥鳅一样的吃食，伸长了脖子、扑棱着翅膀一气乱嗍。小鸡鸡在鸭嘴里被不停地嗍，人就魂飞魄散。好在鸭子没牙齿，又好在鸭子不能真个儿把小鸡子嗍到肚里。

大平因为尿床，到了夏天就光身子。白石街的小孩子四五岁还一丝不挂的很少，大平是个例外。大平是个胖子，所以光溜溜的像鱼，所有的穿戴只有头上顶着的乱发。大平想事情慢，说话也慢，不以为然的时候，就牵着嘴角眯了眼笑。菜地里最多的是蚯蚓，蚯蚓是吃泥土的，没有眼睛。蚯蚓不吃菜是件可惜的事，菜是比泥土更可口的东西，可蚯蚓就是不喜欢吃菜。这就像鹅不喜欢吃肉一样。鸭子喜欢吃蚯蚓，鹅不吃。鸭子菜也吃蚯蚓也吃。看到鸭子进菜园，我们会赶紧把爬出泥土的蚯蚓藏好，鸭子就只好吃菜，而菜我们是不管的，因为菜不怕痛，蚯蚓是怕的。

大平对这样的"救"有自己的理解，他认为菜与蚯蚓要先救蚯蚓，因为蚯蚓会动，蚯蚓与蛤蟆要先救蛤蟆，因为蛤蟆会叫，蛤蟆与鸟就要先救鸟,因为鸟会飞。如果是鸡鹅鸭,他就很犯难:要先救鹅,因为鹅是白的。我外婆说,鹅是吃素的,鹅心善。

菜地边的路上有草长出了红果子,这是蛇莓。蛇莓是蛇的果子。没见过蛇将蛇莓吃掉,蛇莓旁边常见白色的唾沫,大平说这是蛇吐的,是蛇舍不得吃,可又馋得满嘴流口水。我们采来蛇莓喂鹅,鹅不吃。我和大平都纳闷,有人说是鹅怕得罪蛇,不敢吃。

我对鸭子没好感,因为鸭子叫起来是老太婆的声音。我们常在菜地里玩,偶尔会得地毒,按大平的说法,是小鸡鸡被蚯蚓哈着了气。大平在玻璃上哈了一口气,说是蚯蚓对想吃而吃不着的东西会哈气。小鸡鸡得了地毒会红肿。小鸡鸡红肿是大事,治疗的法子是让鸭子来嗍。鸭子嗍卵,是民间的偏方,专治小男孩外阴的地毒。鸭子见了红肿的小鸡鸡以为是泥鳅一样的吃食,伸长了脖子、扑棱着翅膀一气乱嗍。小鸡鸡在鸭嘴里被不停地嗍,人就魂飞魄散。好在鸭子没牙齿,又好在鸭子不能真个儿把小鸡子嗍到肚里。

鸭肫火炉子一样厉害,什么都能消化。鹅则极为高傲。鹅与人在路上相逢,鹅反剪着双"手"慢条斯理地迈方步,高高地昂着头,侧目看你。鹅并不把人放在眼里,鹅没有想过需要给人让路。被蔑视的人大半会生气,就一把捉了鹅的脖子,把鹅丢到路边。鹅在地上胡乱地翻一个滚,爬起来又走到路中间,还是这般昂头侧目迈方步,并不跟你计较。

牧　鸭

　　雨铺天盖地,我和小表兄就像两条鱼。后来小表兄说,下雨天,人是鸭子就好了。雨停时,鸭子围作一圈在草地里,用嘴梳羽毛,看见我们就都站起来。小表兄过去清点鸭子。那年,他八岁,数数还不能数到一百,因此数也是白数。

　　我对鸭子印象深刻。"落霞与孤鹜齐飞,秋水共长天一色",鹜就是野鸭,孤鹜就是落单的野鸭。

　　大姨妈家有五个表兄,小表兄只长我一岁。姨父是牛客,贩牛养牛是他们家祖业。他们家里养了一群鸭,小表兄负责牧鸭。牧鸭又叫看鸭。为省钱,鸭子是不喂饲料的,就只好赶到收割后的稻田、有泥鳅的水塘、秋后挖了番茄的白地,让鸭子自己觅食。

　　鸭子的胃口大,又是火肫,这就需要到处放牧一样游走。吃不饱,鸭子就不下蛋,所以不能偷懒。鸭蛋少了,姨妈就骂小表兄,知道今天又在近处,没把鸭子赶远。火肫是小表兄告诉我的,说鸭子什么都能吃,连石子都吃,鸭子的胃里生着火,什么都能消化。

　　砍一根竹子,梢头的竹叶留着,这就是看鸭的"鸭呼筷"。扛着

"鸭呼筱"赶了鸭群上路,一百多只鸭子屁颠屁颠地前簇后拥,嘎嘎地叫着。

因为有我做伴,表兄就决定把鸭子赶得远些。要去的地方离家十里开外,叫陈鼻头,要翻山越岭。姨妈给我们准备的中饭是蛋炒饭。饭桶小表兄背着,两个人就一路讲着蛋炒饭,惦着蛋炒饭,还不时地打开盖子看看,香。小表兄说:你来了,就有蛋炒饭吃。香,蛋炒饭香得像西瓜。

蛋炒饭香得像西瓜,是瞎说,这是他比喻不出来,但我能听懂,因为西瓜和蛋炒饭都是好东西,都好吃。那年头一年吃不到几次好东西,因此是可以比的。小表兄反问:那你以为蛋炒饭的香像什么?我也想不出。只好说:蛋炒饭的香就像蛋炒饭的香。

山岭的小路是鹅卵石铺的,鸭子爬卵石铺的山道,就迈方步了,侧昂着头,反剪着"手",像一群官。的确很像官,尤其是屁股,鸭子的屁股爬山路有官样,官就是那样走路的。

爬上岭墩,我们决定把蛋炒饭吃了。那是暮春,满眼草青青,山野含香。我至今都记得。

陈鼻头是一个荒弃的山坳,原来住着人,后来造了水库,人迁去远处,留下十几亩薄田。薄田积满浅浅的水,长了些许稗草。鸭子见水欢喜了,纷纷连奔带爬,扑向水田。小表兄说:鸭子爬了山,今天又不能下蛋了,明天我们吃不到蛋炒饭了。小表兄撇了撇嘴,想哭。小表兄因为是家里老小,哭是有名的。许多时候其实并不需要哭,但他也要哭。他的哭先从撇嘴开始,而今天他只撇了撇嘴,觉得接下去没什么必要，就省略了下面的动作。

向阳的坡上草丰茂，酸毛蕺正是时令。酸毛蕺是一种野草，草茎有酸味，村野小孩子馋极时，拔了在嘴里嚼。那时的童年没有零食，嘴里能淡出鸟来，嚼酸毛蕺很过瘾，只是越嚼越饿。不饿的方法也有，就是溪边用手大口掬水喝，喝了经常肚子疼，肚子疼了就啊唷啊唷，大人就呵斥：又去烂舌根，快到菜地的地上去趴一会儿。肚子疼趴菜地也是有效的，荒村的许多病是趴地就能医好的，叫得地气就好了。地气能治百病，这是我外婆说的。狗为什么不生病？就是因为它老在地上趴着。

午后山风起，小表兄四下张望，又见乌云从天边涌上来。我们开始怕，云四面八方涌上来，天开始暗，水田里蛙鸣大作，鸭子倒是不惊慌。按理鸭子极胆小，但鸭子都埋头觅食。雨前躲着的泥鳅出洞了，鸭子光顾抢食，来不及害怕。

天一下暗下来，山风劲厉。突然打雷了，闪电四起，像树根的根须一样多，天空被闪电扒得像碎了的蛋壳。雨"刷"的一声倾下来，我们全身立刻湿了。我大喊：我们掉在水里了。小表兄拉住了我：没有，是雨，是天下大雨了。

荒野没地方躲，我们只好在雨地里胡乱地跑，一次一次地跌倒。小表兄像是逃命，我被他远远落下。叫喊声被雨和闪电淹没。我看到小表兄倒跑回来，见我还在，又自顾逃命，不久又回来，又逃走。

我感觉就在水里，呼吸要张大嘴，我对自己说：要逃命。这样乱跑了许久，突然觉得饿极了，身子一下子很空，雨滴都打在心里，跑不动了。小表兄再跑回来,示范着,把衣服都脱了,光了身子。脱了衣服又跑得动了。

　　雨铺天盖地,我和小表兄就像两条鱼。后来小表兄说,下雨天,人是鸭子就好了。

　　雨停时,鸭子围作一圈在草地里,用嘴梳羽毛,看见我们就都站起来。小表兄过去清点鸭子。那年,他八岁,数数还不能数到一百,因此数也是白数。

村　狗

　　它在荒村只关心人的死，而自己作为狗超寿地活着，一次一次地为异类的人尽一种礼，这是什么意思？好在荒村不关心意思，行为明白就行了，便尊它，不敢杀它，也无法亲近它。后来这狗终于也老了，老得黑毛变得银灰起来，眉眼与额上的毛又长又白。给它以岁月和活着的机会，原来狗也有寿者相。

　　说狗有须发，人都不能相信，也不是不相信，是没有这种说法。但一条活了许多年的黑狗，有一天毛发皆白，我就无法理解。毛发皆白的狗很多，而我要说的是黑狗老得白了毛，就像寿者的须眉。
　　荒村是有人吃狗肉的，正经人家不吃，馋人、懒人、无赖都是吃的。吃别人不吃的东西，也是一种标志，把习惯当作一种语言，明示：我们与你们不一样。荒村有一词叫"新出"，完整表述是"新出调样"，意思为想出新花样，标新立异。人的习惯有惯性，佛教把这称为"业"。业是一种力，"新出"就是违反习惯的行为和动作。有一次与朋友闲谈，说到"新出"，竟发现文明就是"新出"，"新出"

的东西越多社会越文明。荒村有人"新出"吃狗肉，可能跟文明无关，但与狗有关。

这条狗无人吃它，连吃的念头都不会有。于是在荒村常见一条孤独的狗，一入冬，荒村就只剩下了这条狗了，其余的狗都被吃了肉。狗肉只在冷天吃，因为狗肉是"热食"。荒村也有人试图"新出"在热天吃狗肉，吃后全身皮肉都溃烂，就是身子要烂。油菜花开时狗肉也不能吃，油菜花成片成片黄灿灿，会把狗逼疯，这时候吃狗肉，人也会疯。

荒村大雪天，路上踏雪的狗脚印歪溜溜的一条，就是它的。

这狗不畏人，是村狗。村狗的意思是它从不离开荒村，又不是某一家所养。它在荒村比许多人都年长，好像从来就有。他其实是野狗，但"野狗"一词用在它身上不合适。许多年来它一直以荒村为家，关注着荒村的每一户人家，让荒村的人们都认为它与他们休戚与共。荒村的人把它当人看，当作长辈看，当作不死的老狗看，仿佛是，又仿佛不是。

它竟是不叫的，人们看见它的时候也不多，偶尔不是在老樟树下坐着，就是低着头在路边默默地独行，平时不惹你也不烦你。整村的人与它相安无事。

它是一条中等身材的黑狗，全身皆黑，黑得很沉默。眼神也是平淡的，没有狗的凶悍与奴颜，仔细与它对视，会有错觉，仿佛生有这对眼睛的是个人。荒村每有老人死，它都知道，会提前三天坐在这家门口守着，人们就会提前给老人备后事。事后出丧，它也会跟在人后去送丧，然后坐在新坟的坟头守三天。那三天，荒村的人们会给它担饭，这已是习惯。它在荒村只关心人的死，而自己作为狗超寿地活着，一次一次地为异类的人尽一种礼，这是什么意思？

好在荒村不关心意思，行为明白就行了，便尊它，不敢杀它，也无法亲近它。

后来这狗终于也老了，老得黑毛变得银灰起来，眉眼与额上的毛又长又白。

给它以岁月和活着的机会，原来狗也有寿者相。

梁上燕

　　入夜张灯望梁上燕，灯慌慌，只照得清自己。人便说：燕子育儿空劳碌。说给燕子听，说给儿女听，还说给自己听。外婆那时说给我听，我便不解又惶恐，仿佛我将来注定不孝，而提前被埋怨，委屈得眼噙泪水。长大，我确实奉亲没有养儿心切。

　　春泥只有春天才有，燕子不知从什么地方来，开始在梁上筑巢。雨密如织，燕子在雨缝里飞着。柳梢、屋檐、空旷的傍晚，口衔着一口泥，在梁木之上一口一口地垒出一个悬着的泥巢。

　　旧巢就在新巢之侧。燕子从不用往年的旧巢，梁上就旧巢挨新巢。屋的主人为了体恤燕子的辛苦，从不会把旧燕的泥巢搅碎，留着等待它一年以后回来。燕子年年回来，回来的是否还是旧时燕，认不真切，而新巢又垒，恰如从前。

　　堂前的门户白天是从来不关的，仿佛专门为燕子而开。燕子穿梭来去飞得热闹，堂上梁柱的积尘，燕来之前已经有人为它打扫干净。

燕子巢里有了蛋，一只燕子孵蛋，一只燕子衔食，从厅堂出入。人息燕也息，人起燕也起。晨起门缝一开，燕子就飞出。田野此时碧丽，水净树青，空中无浮尘，望得见南山。

春雨一阵又一阵。雏燕探头张嘴，叫着、呼着、抢着，大燕子就不息地奔忙，为小燕寻食。每一次喂食是一阵吵闹，寂寞厅堂此时声音嘈杂，不息的燕呢喃，去去来来。

儿歌：丢丢虫，虫虫飞；大燕子，衔食去；小燕子，在屋里……

燕子抄地飞，燕子贴水飞，燕子掠人发梢飞，燕子绕梁飞，燕子不息。燕子黑背白肚，尾如剪，切切。

入夜张灯望梁上燕，灯慌慌，只照得清自己。人便说：燕子育儿空劳碌。说给燕子听，说给儿女听，还说给自己听。外婆那时说给我听，我便不解又惶恐，仿佛我将来注定不孝，而提前被埋怨，委屈得眼噙泪水。长大，我确实奉亲没有养儿心切。

燕子有行而无言，一代又一代，飞去又飞来。

无数次见过燕子飞来，却没见过一次燕子飞去。燕子从来不告而别，人的心情就如梁上的空巢般等待。

雁 过

　　见过的雁都是灰褐色的，应该还有斑驳的杂色。没见过雪白的雁，雪白的雁是天鹅。闻雁声飞过，鹅有时也会张望，侧着头看，竟是一点也不羡慕。三十年未见雁了，每年的冬天天都是空的，也不见飘雪。令人怀念。

　　从前是有雁的，雁在天上行行飞过，声声作歌。
　　百草枯凋的初冬，晨起地上有霜。菜地的枯草上、屋瓦上、路边，都有霜。有霜的清晨清冷无风，深潭的水没有一丝涟纹。天空也是明澈的，浮云在很深的蔚蓝下，徘徊在天边。云纹水迹在霜地里最干净，这时，雁就从天上飞过。
　　天日无尘，远山都是清楚的，无端觉着雪暗霜明。冬草、麦苗、蚕豆等在霜迹里绿得醒目。田野间白地空阔，海也空阔。山头或有淡月，也是白的，晨光里退隐成残月。"霜晨月"是真的，我亲眼见过。
　　雁过约有半个月，天天飞过，一般都在有霜的清晨。雁行有的排成"一"字，有的排成"人"字。"一"字和"人"字，是我最早认识的字，就是天上的飞雁启的蒙，这"字"一个个在天上飞，叫着，活的。

雁有头雁，为什么要排队？见过的飞鸟会排队的只有雁，飞过有人烟的地方，雁就要在天上叫，没人烟的地方可能也叫，雁过是要留声的。记忆中的雁声是朗朗清声。这朗朗的声音由近及远，飞远了时，声音化进天色里去，空阔辽远。

飞雁头伸得笔直，脚爪往后也伸直，大多数振翅的步调一致，个别的不一致——雁也有笨雁。来时一起来，去时一起去。好天气时天上会有十多群雁冷冷地飞过。每行雁的只数并不一定成双，有时是九只、十一只这样的单数。据说起初都是成双的，有的在路途中掉队了，可是我没见过单飞的孤雁。

雁在夜里不飞，要憩息。和尚山的蚕豆地里，经常有雁夜宿，夜里也会在池塘边喝水，这都是我们自己为雁们想的，没见过。雁会停留在人迹罕至的地方和人的梦里。

见过的雁都是灰褐色的，应该还有斑驳的杂色。没见过雪白的雁，雪白的雁是天鹅。闻雁声飞过，鹅有时也会张望，侧着头看，竟是一点也不羡慕。

三十年未见雁了，每年的冬天天都是空的，也不见飘雪。令人怀念。

和尚来生

　　来生一生没出过乡里，也没赤脚下过田地，做过农活。做农民的来生不用做农活，是他父母舍不得。这世上穷人家里也有"纨绔"，来生就是。这样的"纨绔"无家可败，就败业。所谓败业，就是荒废本分。农民来生不种田，做一些奇怪的事，比如杀羊，比如阉鸡，比如给牛配种。

　　荒村有一座庙，叫保安大庙，供奉的不是菩萨，是狄青。"和尚"也不是和尚，是一个十岁左右的男孩，是我的邻居，"和尚"是绰号。庙门前有一口井，叫庙井。有一年八个月滴雨未下，井水都不过一寸。庙的高大精致与村子里民居的低矮简陋格格不入，庙在荒村是突兀的。井边总是有人在洗衣服，洗衣服的人总是不停地在聊天。

　　我出生在这座庙里。当我记事时，庙已经是商店，但高大精致依然，供奉的已经不是狄青，而是可吃可穿可用的商品。虽是商店，但人们还是都叫它庙，说到庙里买东西，不说到商店买东西。我家依旧住在这庙里。在庙里住着，下雨时的檐水特别响。夜里，常有从大殿里传来的裂竹打地的声音，巨大的声音，记得我张着耳朵听，但没有恐惧。

和尚的妈第二天就会说：昨夜，菩萨老爷又审堂了，小人不要坏。小人是说和尚。我趴在柜台上，看母亲不停地扯布。扯布的剪刀有些驼背，量好尺寸布对折，只用这大剪刀在对折处剪一道口，手"咝"地一扯，布就扯了下来。

和尚有事没事也来看扯布。我三岁时有一次爬到柜台的边沿向下张望，就掉了下去。眼前只一黑，连声音都没有。昏死过去五分钟，醒来嘹亮地哭，至今囟门仍有凹陷。从此我母亲就叫和尚的妈带着我，我就天天与和尚在一起，准确地说，每天是和尚带我。

和尚喜欢背我看井边村妇洗衣服。村妇喜欢捉弄小孩子，对我说：小男孩，把那鸡粪拾了来吃去，可甜了。我犹疑而不敢。和尚见我不敢就逞能：弟，你笨死了，鸡粪你都不敢拾，看哥拾给你看。和尚就一把抓过鸡粪来，看着哄笑的村妇们很得意。我以为和尚接下去要吃鸡粪，但鸡粪和尚也不敢吃，扔掉。

没人洗衣服时，井便闲着。和尚和我就伏在井台上照"镜子"，井水里映着一圈天和两个小孩的脸。我开始打量和尚是在井水里。和尚没有眉毛，掉了一颗门牙，脸像拖鞋。

和尚背我去池塘捉青蛙，我掉在了池塘里，和尚将我捞上来，拖到一个山岩边向阳的地方晒，要把我湿了的衣鞋晒干，说：弟，等把你晒干了，我们才能回家去，不然我娘会把我交给菩萨老爷审堂的。两人晒了一下午。他娘到处找我们，找到时，我终于已经被晒

"干"。

和尚的拖鞋脸一直没有变,和尚一生没有娶妻,和尚是他父母的养子,和尚是捡来的。

和尚名叫来生,来生的父母有寿者相,事实也是,都活到了近九十岁。来生五十多岁死父母,失魂落魄,他都不知道以后如何过生活。这二老"宝贝"了儿子五十多年。五十多岁的儿子,来生的父母还叫"囡"。囡在荒村特指女儿,又是对小男孩的昵称。

来生一生没出过乡里,也没赤脚下过田地,做过农活。做农民的来生不用做农活,是他父母舍不得。这世上穷人家里也有"纨绔",来生就是。这样的"纨绔"无家可败,就败业。所谓败业,就是荒废本分。农民来生不种田,做一些奇怪的事,比如杀羊,比如阉鸡,比如给牛配种。

那时的鸡羊牛都很少,来生的作为无法成为一种谋生的手艺。来生手长脚也长,背有些驼,走路时下巴往前伸。他的下牙床要比上牙床长,下巴就像微微拉开的抽屉。来生的娘就此常笑眯眯地说:我囡这相势,吃福可好了。这长相确是有吃福的,来生小时候拖鼻涕,拖着拖着都到嘴里,因为下巴兜着。

来生心热,荒村偶有红白事,来生都会自觉去帮闲,做别人不习惯做的一些事,比如"烧祭包"。在岔路口将死人生前用过的床席床垫烧掉,荒村叫作"烧祭包"。又比如给新娘子进门垫麻袋。荒村新娘进门走过的路都得垫麻袋,叫"代代相传"。来生做这类事无师自通,有一些他想出来的道道后来竟成为荒村的习俗。

这样的事正经人看来叫"搬空壳石头"。我从小就被教导，本分之外的事叫作"搬空壳石头"，可能是从"空头"二字引申出来的，比空头还过分的意思。

来生杀羊是一绝，来生说：杀羊不用学，耳朵后面落。这话方言说起来是押韵的。一把半尺来长的尖尖的刀，从羊耳朵后面轻巧地插进去……一手是捏着羊嘴的，手要松三次，让羊叫三声。这后来也成了荒村杀羊的习俗。

来生后来养了羊，来生的羊不用羊绳。荒村养山羊怕羊吃作物，羊是有羊绳的，拴在树桩上，羊在羊绳可及范围内吃草，而来生的羊会听来生吆喝。荒村有人怀疑来生是懂羊语的，来生伸着下巴一乐：羊一生只说八句话，简单得很。别人就请教，他不说。

后生来生每天跟羊在一起，与羊产生了"感情"，有一次被人看见他跟母羊在干那事。不知是造谣还是真事，来生从此就娶不来老婆了。

那庙里巨大的裂竹打地声，是个谜。

羊叫三下

羊善良胆怯,狗可以欺侮,猫可以欺侮,连鸡也可以欺侮。羊的叫声是哀声,虽然听惯了你可能听不出其中的可怜。

和尚送给我一只小羊,我喜欢得一夜没睡着。一生就这么养了一次羊,是一只白色的才半个月大的山羊。小羊比兔子还小,抱在怀里咩咩叫。羊善良胆怯,狗可以欺侮,猫可以欺侮,连鸡也可以欺侮。羊的叫声是哀声,虽然听惯了你可能听不出其中的可怜。

我用芦草给小羊搭了一个羊舍,关在羊舍里,它不停地叫。羊是不耐孤独的,我就每天陪着它。不久之后,它就认识了我,喜欢跟着我。

我无论到哪里,身后总是跟着一只小羊。羊渐长渐大,食量开始增大,它需要不停地吃草。我去的地方不一定有草,它就自己寻草吃,但并不走很远,一般总是在能看得见我的地方。有时它自己走远看不见我时,它就咩咩叫着寻找。

和尚说:你这样养羊是养不大的。他给了我一根羊绳,叫我把羊拴到山上去。山草丰茂处，百草丛生。羊是吃百草的，这世上好像没有羊不爱吃的草，只是有的喜欢有的不是很喜欢。溪边地头的草最肥，还有小灌木的嫩叶，这些都是羊最爱吃的。羊吃草的动作天生娴熟，先是用舌卷，再用下巴啃，一刻不停，不急也不缓。看羊吃草，心里很欣慰，有滋有味，就想人是不如羊的，羊不用穿衣服，天生带着皮袄，羊也不用种田，只要让它自由就吃穿不愁了。

看羊吃草满足，我也很满足。至今我看到羊喜欢吃的野草时，心里仍会一动，认为这是好草。

把羊拴在树根上，自己下山来，羊也想跟来，跟到羊绳的长短，就被勒住，无奈地咩咩叫。我就转身去抚慰它，它又安静地啃草。我还没回到家，羊拖着羊绳找来了，羊把羊绳挣脱逃了来。这就没办法。

和尚说：是你不会系绳结。和尚教了我结绳的办法，羊被牢牢地拴在了树根上。这就安心了，再没有尾巴跟着了。

黄昏时，我才记起羊来，羊还拴在山上。匆匆地赶去看，没有了羊。一寻，发现羊在树根下瘫着，奄奄一息。羊挣不断羊绳，就绕着树根转圈，转到转不动，差点勒死。它斜眼看着我，已叫不出声来。

从此我再也不给它拴羊绳了，爱跟跟着，爱吃吃草。冬天到时，羊竟然就这样被养大了。

和尚摸了摸羊脊背，说：养大了，可以杀了。杀了？我是不肯的。和尚大笑，笑得直不起腰来。和尚说：这会变成荒村的笑话，就像养大了闺女舍不得嫁。养羊不杀,猪鸡鹅会造反的。和尚的娘说:儿,不兴这样的,杀了吧,杀羊是为羊好,你不能让它老做羊。

羊就是杀的?是。杀了是为它好?好像也是。那就杀吧。

和尚很高兴,把羊按在板凳上,叫我用手捏住羊的嘴。刀子下去后,和尚要我松三下手,让它叫三声。这个我是知道的。羊嘴在我手里叫了,一声,二声,三声。它叫得与平素不一样,眼睛一直看着我,然后渐渐地闭上,温和地睡去。

继孟箍桶

继孟是会箍桶的一个大汉。箍桶是一门手艺，就是用木板箍桶的手艺。锅盖、水桶、蒸桶、马桶，从前都靠木板用竹篾箍成，这些家什都与水相关，所以不但要严丝合缝得滴水不漏，还要美观，还要耐用。继孟的手艺四乡闻名，按理他是不需要做广告的，但他经常要"兴起"，"兴起"就按捺不住。

白石街入夜时，家家都上了排门，行人很少，也很静。偶有人走过，脚步声"空空空空"。晚上过往长街的行人都很急，大多都是肩挑手提的，是收工回来。悠缓而行的是牛，牛在暮色里回家，其实也是心急的，"哞——"叫声里可以听出来。

继孟走过长街，继孟是不会让你知道这个夜里他什么时候走过的，但大家都知道昨夜继孟从白石街走过，而且都知道继孟又"兴起"了。家家的排门上都被彩色粉笔龙飞凤舞地写上了字：继孟箍桶，米料加工。字是好字，按街坊的说法，这字会飞。有时一户人家的排门只有一个字，下一个字就飞到另一家的排门上去了。继孟是会箍桶的一个大汉。箍桶是一门手艺,就是用木板箍桶的手艺。锅盖、水桶、蒸桶、马桶,从前都靠木板用竹篾箍成,这些家什都与水相关,所以不但要严丝合缝得滴水不漏,还要美观,还要耐用。继孟的手艺四乡闻名,按理他是不需要做广告的,但他经常要"兴起","兴起"就按捺不住。

街坊并不知道这叫广告,"广告"是许多年后才有的词。清晨起来看见排门上的字,嘿嘿一乐:哈哈!继孟,箍桶来,料加工。

"兴起"是方言,类似于心里一热,行为过头。不知是谁先发明的,大家随着这么叫,是专指继孟这种行为的。这样的含糊其词无法考证,你要看到才会明白原来说的是这种状态。

继孟担着箍桶担子过岭过冈,夜色里一轮明月从山头跃出。继孟敞开衣襟大踏步走向一家路边小店,"嘭嘭嘭"敲门,店老头开门,继孟一脚踏进一屋橘色的光里,说:两个蒲鞋饼,一斤黄酒。

蒲鞋饼也叫蛋黄饼,形如蒲鞋(蒲鞋即草鞋),要五分钱一个,继孟吃得起。继孟心已经开始热,所以要了两个。继孟摸出一张十元钱的大钞敲在柜台上,店老头见了摆手说:找不开。继孟这时心已很热,说:找不开甭找了。店老头慌神:不行,这么一笔大钱,万万不可不找的。继孟一只脚踏在了凳子上,高声说:要找的钱都买饼了!店老头赔不是:小店没有那么多饼。

继孟在老头面前晃动着手中的钱,问:这不是钱吗?老头急得搓手说:是钱。

继孟仔细地在钱上正面反面地看:是钱为什么不能买东西?店老

头说不出话来。

继孟转身跨出小店，仰面看月亮，流下泪来。他把这张五天工夫挣来的"纸"扯得粉碎，手一扬背起箍桶担子就走，边走边哭道：明明是钱，不是钱！

继孟饿着，在月光下大踏步赶路，天地很空阔，月亮走人也走。继孟就是这样失踪的，店老头看着他走进山里去了，至今都没回来。

清　楚

　　你试过这样的澄清吗？人是不需要把自己浑身上下洗得很干净的，白昼白纸写白字也是嘈杂，这样的失落别人不能帮你，唯暗夜点灯，才叫关照自己。

　　嘈杂和安静就像浑水和清水，如果我是鱼我喜欢流动的清水。从秋天开始，节气开始清肃，早上起来人的脸色也发白，山中空气里没有一粒尘埃，天高云淡，脸上不生笑意，只有平和。暮霭、朝云都极干净，树也极干净，为了这样的干净连叶子也可以丢弃，树枝松开握着树叶的手，便是零落叹息哀歌一样的气质。

　　浊水在安静中澄清，尘埃落定。澄清是一段时光，这一段时光是一个过程，叫作安静。秋天里，安静中看自己，看世界，都很明白。白纸上写字，明白不是白纸，清楚的是写上去的那一抹，在白纸上的黑才是真正的明白。安静中有我，是我在明白。无我是转身离去后的空野，空野无人，就不是我的明白了。

　　最近做梦也很急，一幕一幕都很快。自己就觉得失了状态，需要无思一两天，最好连东西也不吃，把自己澄清一下。你试过这样的澄清吗？人是不需要把自己浑身上下洗得很干净的，白昼白纸写白字也是嘈杂，这样的失落别人不能帮你，唯暗夜点灯，才叫关照自己。

　　清楚是一种质地。人都向往清楚。

小外婆

　　小外婆是我外公弟弟的老婆。我记事起她就瘫了,她能坐起来,但不能下床。在一间黑洞洞的小屋里,她就这样活了几十年,奇怪的是她越活精神越好,人也越活越干净。有人说,这老太婆成了精。老猫是个沉默、老实又孝顺的人,他是小外婆的独子。老猫好像就是为服侍他老娘而生的,白天做活养老娘,晚上照顾当值,没一天息着。

　　白天是白的,唯目光撞着的地方才有种种颜色,仰面看太阳,一阵眩目。热从路上来,赤脚在路上走,头顶着厚发。头发和屋上的瓦片都最易烤热。爬到苦楝树的树丫上坐下,高高地乘凉,一树的蝉就都不叫了。等一阵风来,草叶动,瓜叶翻,树叶摇。风过,满眼的绿叶又静默,等下一阵风来。

　　有声叹息从雨中传过来,这是我小外婆在呻吟,因为只有我小外婆的叹气声能在雨中这么突兀。小外婆是我外公弟弟的老婆。我记事起她就瘫了,她能坐起来,但不能下床。在一间黑洞洞的小屋里,她就这样活了几十年,奇怪的是她越活精神越好,人也越活越干净。有人说，这老太婆成了精。

老猫是个沉默、老实又孝顺的人，他是小外婆的独子。老猫好像就是为服侍他老娘而生的，白天做活养老娘，晚上照顾当值，没一天息着。雨天，别人都息了，他还得忙，除非连续下雨不上工，他才会有闲暇。这时，他手里拿着南瓜子，坐在一根高高的长凳上，人像猫似的俯着上身，嗑着南瓜子看院子里雨打积水，出神。

老猫渐入中年，邻里们忍不住替他急，他自己也急。急什么呢？这话都不能说出口，即使旁人有无限的同情，都不能说出口，连我们都明白。这话小外婆自己倒是常说：我为什么还不死啊？我害了老猫一辈子啊，我不死他讨不进老婆啊。噗！噗！噗！小外婆拳捶床沿。

小外婆后来又活了几十年，活得双眼绿森森的，充满了异样的神光，就像传说中坟墓里的猫一样。后来老猫还是讨上了老婆，只是讨来的老婆有些丑。老猫的老婆是我小舅妈。我外婆说：老婆丑就是福，所以小舅妈长得很"福"。

我小外婆的呻吟很特别。我们经常会被她不由自主的、拖着长声的、漫长又会拐弯的"呵"吓得发抖。几十年里她就躺床上这样呻吟，一口一口地吐去难耐的郁结。我小外婆平时没人说话，也不识字，但她的呻吟声很远的地方都能听见。

我对小外婆的记忆，是她的呻吟。很小的时候，第一次见她，就被她不由自主的、拖着长声的、漫长又会拐弯的"呵"吓得发抖。不恭地说，许多年后我在电视里看到狼嚎，我脱口说：这是我小外婆的呻吟。几十年里,她就靠这样的呻吟,抒去一腔难耐的郁结。在这寂寞的床上一生她在干什么?难想,不敢想,不想了吧。

至于老猫,我的那位小舅舅,有一年有机会闲聊,我说地球是如何如何圆之类,他嗑着瓜子听了大笑:地球是圆的,人如何站得住?

鬼 豆

一个穿花花绿绿开裆裤的小男孩,一个人趴在路边的草地里,安静地剥很小的豆荚,不停地吃。仿佛这就是做鬼模样。做鬼好像就一个人,没有同伴。他只在心里等他爷爷。

他的模样常在我记忆里,有时我还会梦着他。这是一个夭折的小孩,是我蒙童时的玩伴,六岁就死了。我一生里第一次知道一个人原来会死。

他有心事,常常一人独处。他的心事是他知道自己不久就要死了,他生了病,刚从医院回来。我们都不知死是怎样的,有的说,像某家太公去上海一样,不回来了。有的说,可能是变成猪,"剧剧"地叫,再也不能说话。有的说,像睡了做梦一样,会飞。

最让人相信的答案是变鬼。他相信自己不久将变成鬼,就怕得哭,因为他最怕鬼,他为自己不久要变成自己最怕的东西而恐惧。

梅刺树是菜园做篱笆用的,结一种小小的浆果,酸得让人受不了,他咽着口水一把一把往嘴里塞,说是甜的。把沙滩上的沙浅浅地清除，有观音土一样的泥。这泥可以用来做陶，我们用来做弹子，只是干了要裂。不开裂的是石灰石，五颜六色的都有，就在石板上磨，磨成小球做弹子。我们每天很忙，这样的劳作很费时，并且始终不能把弹子磨得很圆。

做鬼和他爷爷相依为命，他爷爷是个老渔夫，胡子头发都白，全身晒得很黑。他爷爷出海去了，他说他要等他爷爷回来后再死。他爷爷出海的时候关照过。

海岛的路旁田地边有一种苜蓿一样的植物，这植物会生蔓，绿绿的触须比头发丝粗一些，半透明。花是紫色的，很小，火柴头一般大，会结荚，荚里的豆比绿豆小，叫"鬼豆"。据说是鬼专门吃的豆。因为是鬼的作物，我们平时不碰它，怕鬼怪罪。可是他不知从何时开始吃鬼豆。

一个穿花花绿绿开裆裤的小男孩，一个人趴在路边的草地里，安静地剥很小的豆荚，不停地吃。仿佛这就是做鬼模样。做鬼好像就一个人，没有同伴。他只在心里等他爷爷。

后来他就死了，我现在看到路边的鬼豆仍会想起他，仿佛旁边坐着一个小男孩在羊一样默默地吃草，只是我看不见他而已。他没有等到他爷爷回来。他爷爷回来时，在码头上没见着孙子，就把肩上担的鱼扔了，一边喊他的名字，一边疯跑着回家。

舅 舅

　　后来发现人的最初记忆，给人的心态情绪定了调。我这一生一直悬着，梦似的做人，有秋风意况，说话写字都如涟漪。

　　意识到这些都有意思，像某种语言，我开始认真倾听。从前，在心灵的深处一直潜藏这些情景，会给我感触，会跳跃出来，连带岁月的气味和许多消失的人事。

　　我记事很早，很清晰，最早的记忆就是秋水涟漪。我的舅舅用箩筐把我挑着去外婆家，箩筐的一头好像是重阳节的节礼，另一头是我。箩筐像个窝，垫了棉被，我是坐着的，手则刚好够着筐沿。小棉被的被面是缎子的，上面凤凰牡丹，是平常我所盖的被子。人的依恋有时候是物，就像这条小被子，留有我的气息，给我以温暖，是至亲。

　　箩绳系在扁担上，巢似的箩筐悬空，又随着扁担的节奏晃悠，在山路上行，一程又一程。担头很轻，舅舅并不息脚，只是盘肩。盘肩就是将扁担从一只肩头过背绕到另一只肩头，这时悬空的箩筐会在空中转半圈，让两只箩筐掉个头。

秋多山雨。小雨下起来，舅舅捉住担头用一件单衣挂在扁担上，衣服的下摆罩住箩筐，叫我用手拉紧。衣服的襟敞着，伞似的，从衣襟缝里我可伸出头去，像未出壳而已探头的鸡。

路下有个池塘，舅舅又盘肩，我的箩筐被悬在池塘上，低头看，山色云迹都在池塘里，水清清，一点一圈，细雨在水面化成了涟漪。我便一下醒来，蒙童心灵有了底色似的最初。见涟漪以前来路的记忆，是见涟漪后去路的记忆补的，舅舅一路未憩息，一路的悬空是连贯的。

后来发现人的最初记忆，给人的心态情绪定了调。我这一生一直悬着，梦似的做人，有秋风意况，说话写字都如涟漪。

玄 衣

  桃花,嫩笋,青竹,夜。四时无界。灯下,竹椅上坐着她的背影,前面亮汪汪的一盏油灯,她数着长长的木珠念佛经,梁上悬着暗红的甜桶。灯光的影子与夜连在一起。我外婆就这样夜色一般一身玄衣。

  年纪一大,人都会佝偻。我外婆一上六十岁,走路像鸡啄米一样。她是小脚,手脚都不利索,拿悬在梁上的甜桶,已经非常吃力。

  甜桶的"甜",或者应该是"钿"或"提"。桶是果子的形状,有细长弯曲的木环作为提手。因为木环太长,提起来不舒坦,环的作用应当是挂。甜桶一般都悬挂在横梁上,一排,灯笼似的。还有一种叫果桶,没有环,比甜桶略大,桶的形状跟甜桶一样。果桶是放的,放在箱顶,也是成对成双。甜桶和果桶,漆得朱红,喜气洋洋,是从前女子出嫁必有的嫁妆。

  印象中,果桶是用来放果子的,甜桶用来藏糖。担嫁妆的队伍最前面,挑着的就是红红的甜桶和果桶,里面盛满各式糖果糕点和干果。果桶中的干果必是花生、枣、桂圆这样的东西。嫁妆队伍里,同样朱红而醒目的还有马桶。讲究的人家马桶雕花,不雕花也是京漆彩绘各式图案。送嫁的马桶里,必有娘家煮熟的鸡蛋放着,蛋涂成红色,叫夜桶蛋。

我吃过这夜桶蛋。因为是父母双全的男孩,给与吃都不得让人看见,好像这是结婚这件事情中私密行为的一部分。

我外婆的甜桶就是她出嫁时的嫁妆。她十七岁出嫁,她的甜桶在梁上悬了近五十年。朱红旧成了暗红,积尘渗入漆中,盖子和木环擦抹不去一种斑驳。甜桶里依旧放着糖。我见过这甜桶放着的糖是黄糖和冰糖。我外婆晚年嗜甜,口苦时,嘴里会含一颗冰糖。

大年初一清晨,她要从梁上把甜桶摘下来,给前来拜年的小孩准备好糖果。不多,但一直这样。

我外婆从我看见她,穿的始终是黑衣服,大年初一也是。鞋也是黑的,小脚像黑色菱角。坐着的竹椅子每根竹条都成了栗色,这样的栗色是人气沁的,不蛀不朽,坐下去吱呀有声,像活了一般。外婆头发芦花似的白,但梳得整齐,每天早上用浸着槿树刨花的水抹。槿树的刨花与槿叶一样,久浸会有浓稠的汁,腻滑。外婆久坐站立时需扶墙,一身黑得像灯下墙上的影子,裤管空空。

曾经有一次,她的一件黑袄,黑里洗出白来,肩背隐隐地露出棉线的原色,她就叠了起来。虽然没有破,但坚决不再穿。

桃花,嫩笋,青竹,夜。四时无界。灯下,竹椅上坐着她的背影，前面亮汪汪的一盏油灯，她数着长长的木珠念佛经，梁上悬着暗红的甜桶。灯光的影子与夜连在一起。我外婆就这样夜色一般一身玄衣。

舅　公

　　舅公日日坐在桥头大树下，他对自己和旁人说：我在这桥头等死等了许多年，还是不肯死，你看会怎样？怎么办？别人没法出主意，他就自己拄杖摇头笑，自己大声答：等！我就不信死不从这座桥上过。

　　桥已经老得只剩下了形骸。从前是座很大的石拱桥，溪水在夏季从不远的山上满溪而流，溪深几丈。平时溪水只在溪底，溪如坑，坑壁如墙，爬满了薜荔。一棵古樟活在桥头，撑出亩余的浓荫。春来草萌时节，老樟树旧叶换新叶，桥头的老叶积地，风吹簌簌有声。此时古樟的嫩叶满树冠，望之如绿云。

　　溪底望桥，凌空过溪坑，桥洞如门，呼呼地生风。树下的桥头就成了清凉之地，常有老人整天在桥边坐，木讷地看行人过往。浑浊的眼睛跟着人来去，忽然记起一件事，嘴角就有笑意，喃喃自语。

　　舅公耳朵已经全聋，无法听人说话，只自己大声地自语。常说被吵死，吵得都听不见面前人的说话声。舅公坐在桥首的石凳上，竹杖横放在腿上，摸索着拿烟，颤抖的手好不容易划着火柴，即被桥头的风吹灭，他就侧了头骂风，又骂自己。过往的人帮他点着，他也不谢，说：你是某某的儿子，你爹结婚时，还是请我去给做的总管。

舅公是四邻八乡的名人，凌厉有智慧，做派蛮横，读过《三国演义》，村里人有造孽打架或者红白事都会来请他，是压得住人的人物。舅婆被舅公瞟一眼就会发抖。来客吃饭时，舅公端坐在八仙桌的上首，舅婆烧菜，不能上桌，还要抽身给客人和舅公斟酒。舅公走路悠悠地迈着八字步，走在路的中间，旁若无人。有人笑着打招呼，他就自语一般只问候人家的长辈。

舅公老了时，舅婆一如既往地服侍他，后来舅婆比舅公多活了二十年，享了子孙的福。舅公死后尚有威严，儿孙们是不敢不孝的。

舅公日日坐在桥头大树下，他对自己和旁人说：我在这桥头等死等了许多年，还是不肯死，你看会怎样？怎么办？别人没法出主意，他就自己拄杖摇头笑，自己大声答：等！我就不信死不从这座桥上过。

炎夏夜初，桥头上扶石栏杆看溪，溪在暗里只有水声。深深的桥下黝黑处，飞出萤火虫，弱弱地飞着舞着浮到桥上来。我知道这桥也有灵魂。

贤 恩

贤恩的大弟叫贤祝,贤祝的小弟叫贤息,都是我的同伴。那时,我们坐在门槛上吃饭,碗里一定有贤恩海里推上来的鱼虾。贤恩提了木桶在井里打水洗脚,海泥在脚趾缝里嵌着,挖下来是一枚黄蛤。

挈网是一种网,描述起来颇费工夫。两根丈余的竹竿,中间是细眼的网,形状像一把展开的折扇。两根竹竿两手拿着,在前面展开成一个扇形。用挈网捕潮头的鱼叫推挈。

一日两度潮,海水涨潮是响的,人迎着潮头走下去,把挈网展开,贴着缓缓的海涂,网如被人推着一般。涨潮的时候,鱼虾会勇敢地冲在潮头。这些个小鱼虾,就像顽童,在潮水呼啦啦的叫喊中,跳着蹦着追赶着,迎面而来。有鱼入网,就把竹竿提出潮面,用网勺捞了,倾入背着的竹篓中。

邻家的大兄弟贤恩,一直是推挈的。这一个小海湾,是一个卵石滩,潮去后,卵石滩下面的海涂就裸露出来。海水退得远远的,海涂平整如田,各式的蟹、蟛蜞、望潮、螺都从洞中爬出来,还有继续匿在洞中的蛏、吐铁,蛤类则一呼一吸地喷着水。海涂泥是极腻滑的泥,脚踩下去,会没了整个小腿。涂泥又咸又涩,溅在身上的海涂泥,太阳一晒,会起盐霜。

推挈总是候潮的,一个月里潮水的涨起时节与月亮有关,月上天顶,则潮水涨平。"初一月半昼过平,潮水落去吃点心","初八廿三半夜月",这都是潮谚。月之朔望,与潮汐也有关联。潮生于夜,则夜里赶海。夜里推挈要备灯,这灯叫四面灯。四四方方的一个玻璃匣子,里面一盏点着的油灯。四面灯嵌在一种竹笠上,顶在头顶,整个人就像一个小灯塔。

贤恩顶着灯,背着竹篓,扛着挈网与网勺,赤脚下海去,一年四季皆然。隆冬时节也不例外。冬天海上的大风叫"暴",海水是怒吼的,潮头浪花如堆雪。贤恩说:不冷,海水是暖的。海水冬暖夏凉,夏季碧蓝的外洋潮水涌入时,反冷得蚀骨,冷得人唇紫而战栗。

雨夜,海暗。海水没人的腰,蹚到深处又没人的胸,有时海水一直到脖子,灯在头顶贴着水面,眼睛借着灯光看海面,看雨打海水。夜雨入海的厚重里,海天相连,一片飘摇。那海湾里的灯遥远如星芒,弱之又弱,弱到好似微而又微的轻叹都能将它熄灭,但它一直在,那是贤恩在推挈。

贤恩的大弟叫贤祝,贤祝的小弟叫贤息,都是我的同伴。那时,我们坐在门槛上吃饭,碗里一定有贤恩海里推上来的鱼虾。贤恩提了木桶在井里打水洗脚,海泥在脚趾缝里嵌着,挖下来是一枚黄蛤。

茄子的儿子

  他被叫作茄子的儿子。他家进门处的那块茄子地，茄子特别壮实又结实多，畚斗岙畚进的风水像是全变成了茄子。他爹死后，他娘的枕头底下经常压着茄子，于是他好像真是茄子的儿子。

  他没有爹，他是遗腹子，他们叫他茄子的儿子。
  他们家孤零零地坐落在一个小山坳里。奇怪的是，荒村所有人家的房子都是背山朝南的，他们家面朝山开门，坐南朝北。这岙口叫畚斗岙。本来的老屋也是坐山朝南的，他外公说：若要我把女儿嫁过来，新房的门要朝山开。为什么呢？刚好一只畚斗岙，门朝外开，运势就不能畚进来，我女儿是要吃苦的。
  于是房子错向，坐南朝北，本来向阳的院子，变成了一块种茄子的地。这是闻所未闻的见识，这样的见识是他外公扫地时得的启发。
  七月七，荒村的夜晚银河横天过，闪亮的星斗错落，河东是牛郎，织女在河西。姑娘要在茄子地里乞巧，许心愿。荒村的人们传说,茄子地里能听到牛郎织女的窃窃私语。下半夜露重时,茄地里还能听得到洗碗声。说是织女在替牛郎洗聚积了一年未洗的碗。牛郎像荒村的男人,是不洗碗的,一年的碗都聚着,织女一直要洗到天亮。牛郎织女一年一次的相会,主要是为了洗碗,在银河里洗一夜的碗。

出嫁前的女儿是一定要乞巧的。他娘在重重的夜露里蹲一夜茄子地,默默地静听着织女洗碗声,默默地许了一夜的愿。接着便嫁过来,奋斗岙坐南朝北的家里,第一眼就是好大一块茄子地。

他被叫作茄子的儿子。他家进门处的那块茄子地,茄子特别壮实又结实多,奋斗岙奋进的风水像是全变成了茄子。他爹死后,他娘的枕头底下经常压着茄子,于是他好像真是茄子的儿子。

茄子的儿子善哭,就像青蛙善叫。他没事坐在院门口的台阶上,对着眼前的山,在秋风里有声无声地哭,哭着玩。他小人一个缩着手,把眼睛眯起来,撇嘴再撇嘴,用力努劲一会儿,然后"喂……喂……啊……"地开哭,身子坐姿都不动,哭得很专心,脸上、心里都是没有悲痛的,声音亮得如唱歌。树上蝉叫时,他就住了声,匸斜了眼看树上的蝉,张着嘴保持着哭样,让蝉替他"哭",假唱似的。

我们看着心里痒痒,看着他撇嘴用力模仿着他,他口型神情的变化太滑溜,我们都巧他不过。

驼 背

荒村的人们是相信来生的，驼背也相信有来生。但他不愿意再有来生，他说：这一生过怕了，够了。驼背喜吃甜的东西，尤其是糖，糖也是人间滋味，心里再苦，可嘴里甜着。他说：如果一定要觉得做人好，只有吃糖。

烧了一场大火，救下来时，整个院子的房子只剩下了临街的两间。一片瓦砾中的两间旧屋，成了他们的"新家"。他们一家有七口人，五个兄弟睡半间屋。半间屋内靠墙是一个贮谷的柜子，高高的。驼背是老大，就睡谷柜的上面。谷柜形状像棺材，他就说自己睡的地方是棺材盖。驼背是前后都凸的那种驼背，上身活像一只鸡，双腿与常人无异，他爬谷柜的样子让人担心，但爬将起来也是利索的。

父母对他有歉疚，常对他的四个弟弟说：要善待你们的大哥，他的残疾是在替你们顶灾。你们好脚好手好身子，都是因为你们大哥在前头担了煞气，你们才一个个顺顺溜溜。

这样的说法从表面上看，仿佛铁证如山，按理这需要感恩。父母早早地让驼背学了门谋生的手艺，是裁缝。荒村将缝纫机叫作"脚踏车"，驼背坐在凳子上踩脚踏车，"哒哒哒，哒哒哒……"两间房子临街的一间就被当作了裁缝铺兼厨房。脚踏车在荒村是稀罕物，为买这个车，倾尽了他们一家的所有。

驼背恨自己是驼背，恨自己是一个人。他自己也认为他在这个家是多余的，是累赘，说：要是没有我那多好。

驼背的手艺很一般，裁缝铺做生意就像是一种说法。他的偶尔忙碌，主要是为家人做衣服，尤其是他兄弟们的四季衣衫。他做出来的衣服，对他的兄弟们来说是从未合过身的。生意淡，驼背还管家里做饭。他偶尔也会把饭菜做得有滋味，他母亲就不失时机地赞不绝口。可他兄弟嘲笑：好吃？好吃不就多放调料吗？就是石头子，油炸炸，酱爆爆，味精放一放，像吃螺蛳一样吸啜，也是好吃的。驼背就去溪边捡石子，第二天果真炒了让他兄弟们吸啜。

驼背常无奈，怨起来身上起疹子，痒，彻夜难眠。驼背雨地里不带伞，喜欢漠然地让雨淋，淋得全身湿漉漉，得一场病，病后他就很舒坦。驼背雨地里淋雨时，像极一只巨大的木鸡，呆着，浑身湿透，像八大山人画中的怪鸟。

荒村的人们是相信来生的，驼背也相信有来生。但他不愿意再有来生，他说：这一生过怕了，够了。驼背喜吃甜的东西，尤其是糖，糖也是人间滋味，心里再苦，可嘴里甜着。他说：如果一定要觉得做人好，只有吃糖。

棕榈树开花，花苞成串如鱼子，焦黄焦黄的。荒村说的焦黄，是对黄的强调，很黄的意思。荒村的小孩叫棕榈花苞为"棕榈糯米饭"。瓦砾的废墟有棕榈,叶大如扇,花籽无数,在暮春勾人异样心情。驼背会把花籽一穗一穗攀下来,揉得碎碎的,在地上洒,如洒金粟。他的同伴是小孩,我就是他的朋友。我们玩耍时,他在旁边看,想起转头唤他时,他已不在,不知何时走掉的。

一个秋天的清晨,我醒来时,听到白石街上有人哭,惊心而起,觉着是驼背死了。开门循声出去看,果然是驼背死了。驼背半夜里哮喘发作,在谷柜上翻不了身,憋死的。一家人哭得很伤心,包括他的兄弟。一了百了时,心情也是真的。

驼背出丧,青竹竿上两条纸,飘着飒飒响,是给魂魄引路的。旗幡背后敲着锣,锣的声音极响亮。

喜

新娘子有孕也叫作喜，这个喜仿佛才是正题。前面的铺排是开花，而后面的好处是结果。这个喜反倒繁华尽失，只是默默的。我没见过穿红着绿的孕妇，只是素面朝天坐着晒太阳的，懒洋洋，坐得竹椅吱嘎作响。

做年糕，做团子，做馒头，热气腾腾出笼时，会用花印蘸了朱红，在雪白软绵温热的中间盖一个印，一般都是桃花、梅花印，但有一种是盖喜印的，比如贺新媳妇生子的团子。盖喜印的便会选父母双全的童男，讨一个吉祥。事情就因有寄托而慎重，怕盖得不正，盖得不鲜亮，我每每这样被选着盖红印时，必重重地把印按得凹陷，行大礼似的，脸也胀得通红。

菱花四出，桃花五出，雪花六出，"出"是指花瓣。印油是朱红或梅红。被印在米面皮上的花印，可以揭下来贴在额上。表妹阿每，就经常贴梅花的花印扮新娘，而从前的新娘并不在额上贴花，所以我们就叫她阿每大无。年糕要水浸，浸在清水中的雪白的年糕，根根都有鲜红的花印，就像水中真个儿有桃花梅花在盛开,干净而且不凋谢。

而盖双喜红印的一般都是粗馒头,黄褐的馒头上很大一颗印,馒头也是一对一对的,红布盖好,放在竹篾精编又金漆的幢篮里,挑在队伍前头。从前蜿蜒的山路上经常会有这样的队伍,这个队伍是忘娘担,是姑娘出嫁前由新娘的弟弟亲自挑着至夫家的。人未至而心意到,是到夫家要一心一意,从此忘却娘家的意思。这样的"信"由舅子带来,虽然没有言词,热闹的气氛里,路上山水田陌皆可做证,乃至雨蒙蒙,家家户户都起炊烟,忘娘的忘,仿佛是真的。

忘娘担不作兴吹吹打打。而半个时辰后迎亲的队伍,就整个是喜气洋洋,坐花轿,凤冠霞帔。我们小时候新娘的行头已经不像,如果真的扮起来,就完全跟戏里一样。而这样的喜庆美艳就会真个儿在水边桥头,让人明白女人是尊贵的。

阿每小小年纪扮新娘,也是因为她看见过这样的好看。新娘出门前用两根棉纱线绞面,就是将面上的毫毛绞下,叫作开面。我估计"别开生面"这四个字就由此而来,而绞面是痛的。

新娘子有孕也叫作喜,这个喜仿佛才是正题。前面的铺排是开花,而后面的好处是结果。这个喜反倒繁华尽失,只是默默的。我没见过穿红着绿的孕妇,只是素面朝天坐着晒太阳的,懒洋洋,坐得竹椅吱嘎作响。等到小孩夜啼,会有"相谅盏"一碗一碗捧出,小小一碗红糖米饭,饭尖上缀一粒红樱桃,分赠左邻右舍的小孩,意为将来为伴不欺不吵、互帮互谅。这一盏米饭的尖头的红是花印变成果子了,吃的时候,会有联想恍然。

阿每后来也这般嫁人，这般生子。她还把着她儿子双手的手指尖斗着教她儿子唱儿歌：丢丢虫，虫虫飞，大麻雀，叼食去，小麻雀，管屋里……唱到后来是麻雀飞去，她儿子便笑得漏一条清亮的涎水，从嘴角一直挂到胸前。

说　话

　　说话是费心力的事，吃开口饭的人短命。惜话能够养生。说话是有欲望的，姑且称为说话欲。

　　说话是件复杂的事情，脑子里要有内容，要讲语法，还要发音，不能说错别字。还有对象环境。"阿爹""阿哥"都不是错别字，但不能阿爹面前叫阿哥，阿哥面前叫阿爹。这样的事在我们小时候常有，这是讨打。阿爹哥是一个人的绰号，因为他叫他爹叫阿爹哥。

　　言词有障碍的人是咕哝与结巴。咕哝是语句不清的那种人，碰到比结巴更急人，咕哝起来喉头有痰似的，十句话听不清一句。蛋皮也是绰号，扑克牌的Q我们叫蛋皮。蛋皮讲一年话只让人听清两个字，就让人当名字叫了。大多数的咕哝吐字是清楚的，两句以上就混乱。定海到沈家去，没坐船，坐的是车。这就说不清楚了，定海、沈家、车、船、去、来，翻来覆去，芝麻炒盐一般嘚嘚啵啵，嘴角都是白沫。我见过的结巴都是急性子，急性子的人容易结巴，许多话想一起说，拥在喉头堵了起来。这就像挤公交车，一起挤反而慢。结巴说一个字的时候不会结巴，两个字以上，第二个字需要憋。唱歌骂人结巴都很流利，结巴遇急事，其实说话可以唱。

说话是费心力的事，吃开口饭的人短命。惜话能够养生。村口两个女人在聊天，她们说了一个多小时猪肉，脸都说得干白，嘴唇发紫。这两个女人说话节奏很快，急促地说长句，还抢话头，嘴唇练得纸一样薄，话声切切切像剪刀。话都是废话，人的神情会传染，说猪肉时两只眼睛还神秘兮兮地乱瞟，走过的人都会被吸引一下。这种人说话是有欲望的，姑且称为说话欲。食欲、性欲、说话欲。

嘴 巴

世上最狰狞的食物是蟹,如果蟹不是小一等,及人身大小,虎狼都不是对手。连蟹都吃的嘴比蟹狰狞多了。

人的嘴巴只有一条缝,全部张开也塞不进自己的拳头。相比较,几乎所有的动物嘴都比人大,鲸鱼、河马的嘴可以吞江吐河,就是只吃草的牛羊,嘴也比人大得多得多——钳子嘴,上下可以张开,张开时嘴就形如漏斗。低头啃草大可不必如此阔大,也从没见过牛们羊们长颈鹿们撑大嘴巴朝天吃过什么东西,但人家就要这样子的长嘴。嘴是重要的,因为吃是最重要的,大肯定比小好。鱼里面嘴最小的是鲳鱼。海岛见有人小嘴巴,就笑人家说,某人是鲳鱼嘴巴。如果按身体与嘴的比例算,鲳鱼的嘴巴是不小的,只是因为鲳鱼把嘴生在菱形身体的边角上,好似占的地方不多。

所有的嘴都长头上,有的张开大口嘴比头还大。蛇和虾孱吃东西可以把下颌脱开,吞下比自己身体还大的食物。嘴们千差万别,吞咬咽吸,功夫万般都是为了吃。吃得最为精致与安静的是蚕,啃啮桑叶的动作如织如耕,刀切菜一样切树叶子,一张又一张地吃,吃光一张再吃另一张,没日没夜不停地吃。还有蚂蚁,嘴还用来扛东西,可以举起很重的东西,比如蚂蚁举一粒谷,就好比人举一头牛。

大多数动物只吃一类食物,人杂食,什么都吃,最奇怪是还吃酒与烟。这些是不吃也没关系的东西,吃了只作用于人的精神。喝酒是为了高兴,没东西好高兴时就喝酒,让血快速流动,把自己弄得很得意。这只有人会,其他活物都不会。偶尔吃到酒的动物也有,吃了睡着的居多,吃了吹牛的没有。吃烟需要学,学习的时间相当于学自行车或游泳,学会百无一用,坏处多多,但很多人每天吃,吃一辈子。烟是人吃的东西里唯一不用消化与排泄的,吃烟真的奇怪极了。

人的嘴不光用来吃东西,还要说话。有一种嘴还会口技,所有声音都能模仿。还有一种嘴能讲十几种语言,这种嘴巴又甜酸苦辣咸荤素通通吃,又会吐痰磨牙打呼噜,用处多但与嘴的大小没关系,嘴就是神器。所有的飞禽没有唇,鱼只是看上去有唇,走兽也没有,猿猴稍微有一些,人有,嘴上有丰满的上下两片唇,用来接吻。另一种用处是女人用来做鄙夷表情,少数男人也会,就是两嘴角朝下拉,一努嘴。心有鄙薄不说,但比说了还醒目。

世上最狰狞的食物是蟹,如果蟹不是小一等,及人身大小,虎狼都不是对手。连蟹都吃的嘴比蟹狰狞多了。

酒　徒

　　酒徒喝酒不用菜，非要弄点什么下酒时，盐也可以。我曾见过精致的人家，盐是锅里炒过的，盛在碗中做下酒菜。吃时用筷子在盐碗里直插一下，放到嘴里咂咂。这不是为了省盐，是怕半晌酒喝下来太咸。

　　荒村人人喜欢酒，男女老少都喝，路上常见醉人。
　　儿子骑在父亲的脖子上一起去打酒，回来路上，做父亲的提着瓶子喝一口，递给肩上的儿子也喝一口。一路喝下来，到家剩了一只空瓶。荒村父亲叫儿子为"囡"，是昵称。儿子也叫父亲"囡""阿爹囡"，平等得像酒友。
　　荒村多酒徒。酒徒喝酒不用菜，非要弄点什么下酒时，盐也可以。我曾见过精致的人家，盐是锅里炒过的，盛在碗中做下酒菜。吃时用筷子在盐碗里直插一下，放到嘴里咂咂。这不是为了省盐，是怕半晌酒喝下来太咸。荒村在海边，盐是不缺的。不缺的还有海边滩涂上的鱼虾贝，捉来都可以下酒。酒徒酒后不吃饭，吃饭就不算酒徒。一日四顿酒：醒后，午时，傍晚，睡前。刻刻都醉着，脸是酱色的。酒徒路上闻到酒气会自己寻上门去，不用人来请。主人不请他喝，他就会求你，说到动情处，声泪俱下。到这份上的酒徒，荒村三五年出一个，渐渐有了资格，好像他是奉天命喝酒似的，到处喝，入门串户地白喝，喝酒没他反倒不正常，都奇怪，今日怎么酒徒没来呀？

酒徒酒到半饱时，醉眼迷离的，任人折腾取乐，渐渐看人也朦胧，叫人都"朋友"，自己的老婆儿女也呼作朋友。醉后，人生的舒坦一下全有了，看得出这人已快活无比。

酒徒老韩伯，嘴边老说着"人生一场醉"，有人就叫他"一场醉"。白天的事情，被他说成昨天夜里做梦如何如何。"一场醉"是供销社的老职工，上班也是醉着的，奇怪的是，醉里工作从来不出错。尤其是算账，别人还在眨巴眼睛苦想时，他就喷着酒气唱一样叫出了数字。领导就对他没奈何。

老韩伯有儿有女有老婆，平时不怎么回家，人家寻欢他寻醉。老韩伯的醉，不会醉成泥。他的酒友老酒保总是醉成泥。老酒保醉倒在沙滩上，野狗闻到酒气赶来舔脸，老酒保含混地手拂狗嘴：兄弟别吵，兄弟别吵。

老韩伯的酒量比不过老酒保，两人对饮总是老韩伯付酒钱。每次都是老韩伯心先热，心热就要抢着付酒钱。油灯下两人喝一夜的酒，下酒菜是酒话。喝到凌晨，老酒保居然想到了回家，老韩伯就送他回家，这 路两人搀扶着，前前后后地跟跄，絮絮叨叨地胡说。一刻钟的路程俩人走了一小时。送到后，老酒保又非要回送，又是东倒西歪地一路。回到原处,老酒保发现还得回家,老韩伯就又送。送到后,老酒保说:你送我两次,我能只送你一次吗……

两人来来回回不停地送,第二天晌午还在路上走,走着走着,没人了。

他们又拐进了酒店喝酒。

切 骨

　　大力是懒人，懒得切骨。一年里，两个字以上的话，大力不会说上十句。平时的交流他一般只是应，喉结动一下，算是答复。

　　大力是懒人，懒得切骨。一年里，两个字以上的话，大力不会说上十句。平时的交流他一般只是应，喉结动一下，算是答复。必须发出声响时，则短而急，仿佛还要吞下去一半似的。动物都不这样叫，动物的叫也是整句的。大力的懒不表现在他的干农活上，因为他力气大。干农活这种事，没有走亲戚吃力。走亲戚必须说话，必须讲客气，必须有样子，这就需要心里一捏一捏的，他就万难，像扛了千斤重担，放又放不下。到了亲戚家里憋着一个红脸，蹭一圈，默默地坐着，直到该结束的时候，他就一刻不肯留地回来。内向，大力的内向是心懒，他不是一个羞怯的人。后来他不走亲戚了，省了。

　　荒村穷人家的屋是简陋的，至简至陋的是人力住的地方，一间小茅房，只有门，没有窗。夏天有窗，是墙上敲一个洞，冬天一坨烂泥巴封上。

　　一天烧一锅饭，吃三餐，中饭夜饭都是冷的。让人难以置信的是，他娘死后，他再没洗过锅碗筷，锅到后来都结垢到厚重不堪，大力只是去买了一口新锅。旧锅扔在门外，伏着，我们小孩都抬不动，废铁收购站都不要，这斤两已算不出铁是多少了。

　　大力四季穿棉袄。他只有一件棉袄，初夏与初秋光膀子，盛夏也穿，他觉得穿了棉袄凉快。后来我们看到卖冰棍的箱子也裹着棉絮，才恍然，原来真是凉快的。

　　床是什么意思？大力的床我到如今都没明白，如果是懒，那就懒得在懒之外了。他的床是石头上搁的三根带皮的松木，松木与松木有间隙，一拳左右，这就使"床"与他的身板一样宽。他用一条棉被铺在松木上，然后四角拉起盖在身上，如裹肉包子。一年到头，被子满是虱子，大力一把火把被子烧掉，去政府领一条新的救济被。

　　为什么不把松木的皮削掉呢？为什么松木条子不增加到四根或五根呢？或者铺一抱稻草？或者干脆睡地上？这已经不是懒了。我一直追问，他都是动动喉结，而且一如既往。

　　大力去年才死，算起来该有九十多岁。他都一直这样过。到死都不需要人照顾，一直自食其力，每年一条救济被，他是一定要领的，因为领者和被领者，都已习惯了。

菜 花

　　菜花的病，主要是笑和晒太阳。骂她她笑，打她她也笑，咯咯地笑，打骂她的人就哭笑不得。

　　菜花是个精神病人。
　　菜花的病，主要是笑和晒太阳。骂她她笑，打她她也笑，咯咯地笑，打骂她的人就哭笑不得。无端打骂她的人有两种：一种是没地方出气的人，受了别人欺侮或者因赌博被老婆关到门外，或者这一天刚好晦气。菜花刚好臭烘烘衣衫褴褛地路过，就要被人不骂就揍了。还有一种是被她惹着了。单个的小孩在路上走，她看见老要去摸小孩头，或者要去抱，小孩吓得大哭，大人闻声赶来，就要打了，打狗一样地扔石头。笑声里，菜花抱头鼠窜。一次，被人扔在了水塘里，差点淹死，她大笑，边笑边吃着水。笑是开心的那种笑，听笑声，她从前应该不笨，背过身去不看她，感觉笑的人应该是可爱、干净的。
　　菜花晒太阳，四季都晒，夏天晒得一层层脱皮，她也仿佛很惬意。菜花晒太阳有固定的地方，荒村村口的大岩石旁，坐上一下午，那石头朝西。荒村冬天的太阳特别暖，晒的人很多。夏天就突兀，老人们可怜她，也只有一个字：唉。

荒村有一个老光棍，也有些不正常，但还没有不正常到夏天晒太阳。这人一生在荒村荡着，好吃懒做，但有一种事他是一唤就来的。荒村多粪缸，是为了积肥。粪缸需要经常掏，缸底的粪砂叫人中白，掏出洗净是药材。老光棍就喜欢干这事。别人不敢而他敢，就有成就感。也只在这时候，人们对他平等相待，有时还夸几句，他的自尊就极其满足。

老光棍打起了菜花的主意。菜花原来也知道不肯，人家问她为什么不肯，她说：喏，他是神经病啦。说完咯咯笑。

那时的香烟没有过滤嘴，都是软壳的，抽完烟后，烟壳子展平是一张十元钱一样大小的纸，我们小孩用了叠纸三角，大人们用无字的一面写字。一天，菜花拿了两张大红鹰香烟的壳子去店里买东西，说这是昨夜老光棍给她的钱。人家问，老光棍为什么给你"钱"？菜花说，他来跟我睡觉。别人说，疯子唉，这不是钱是烟壳子。菜花讪讪的，有些难为情。

有人给了菜花一碗饭，可怜地叫她：菜花唉！

戒　饭

　　戒饭是需要偷偷戒的，不可以声张，怕别人来劝而戒不成。人们只看见他每天坐在门口，也就不觉得异常。直到有一天，大平爷爷到天晏还坐在门口。

　　大平爷爷又坐在门口的椅子上，他一直要坐到太阳晒到他的椅子时才挪一个地方。我们也喜欢坐在门口，一般是坐在门槛上东看西看，如果有一头牛从面前走过，注意力就会被牛吸引。实在没什么东西可看，脑子就胡思乱想，想得没意思了就发呆。大平爷爷从来不会东张西望，也不发呆。从他的表情来看，他的脑子是不想的，但又不是昏聩倦怠的样子。他用一柄棕榈叶做的"拂尘"掸一掸飞到他身上的苍蝇。白石街的老人都有这样的苍蝇掸子，就是蒲扇一样的棕榈叶，把叶片扯得丝丝缕缕，像一柄道士常拿着的拂尘。大平爷爷坐着时，必会有这样的掸子拿在手里。有一次我看见他把掸子的柄伸到头颈后衣领里面挠痒，我笑了，我知道了他为什么老是拿着这东西，原来是为了挠痒。我缺牙的嘴在嗝嗝嗝，他就怒目而视。

人面无表情又什么都不想，我一直以为这就是"威仪"。对于无趣的东西，我会打哈欠，威仪是一件十分无趣的事。驼背面无表情的时候是既听又看的，他虎着脸的时候，我们可以用一些荒诞的表情或动作把他逗笑，他扮出来的"威仪"就会垮塌。如果他忍住不笑，我们也没办法，但驼背从来忍不住。

有一天听驼背说，凡是老人一天到晚默默坐着就是在"等死"了。等死犯不着与人说话，看到猫狗和小孩就讨厌。可是大平爷爷又种了那么多绣球花，绣球花又大朵大朵地盛开着，像是在大笑大喊。

大平爷爷一天到晚在门口坐着，引起了我对他的关注，有事没事总会去张望一下，平时也会对他做一些联想，比如他的黑衣服，他挪身时竹椅的声音。白石街有人喜欢用活乌龟垫床脚，安新床时，床的四只脚下放四只活乌龟。据说一直等睡在床上的人死了，再动床时，乌龟还是活着的。大平爷爷的椅子一动就会响，也像是活的。大平爷爷就是用活乌龟垫的床脚。

一颗门牙脱落，我把它捏在手里，扔掉似乎可惜，不扔掉又没地方可放。我拿着牙齿回家路过大平爷爷坐着的地方，他正在用掸子挠后背的痒。我不知道自己的笑里已经缺了一颗门牙，大平爷爷对我怒目而视。

早在半年以前，大平爷爷开始戒酒。大平爷爷有一次闷闷地对大平的爹说，我先戒酒，再戒烟，最后戒饭。大平爹很是不解，问，为什么连饭也戒？大平爷爷说，到没饭吃的时候再戒，你以为还来得及吗？做人要有打算。

听到这样的话，我们"咦"地笑了。这是连我们都能明白的事情，饭是不兴戒的，饭都戒掉了，那吃什么？大平没有把他爷爷戒饭这件事当作什么事，我们其实也并不怎么喜欢吃饭，寡淡的，又每天都要吃三顿的饭，远没有其他东西好吃，不吃饭可以吃其他好吃的东西。

老头整天坐在那里。我惦记着他床脚下垫着的乌龟，不知道它们还活没活着。他对我们无端跑到他面前充满疑问的样子怒目而视，大平就不敢问了。

大平说他爷爷非常胆小，怕跟人说话，怕到人多的地方去，晚上还怕暗，怕黑暗里的鬼。黑暗就像一潭水，就像水潭中有螃蟹那样，黑暗里有鬼。大平爷爷因为胆小，怕有朝一日没人给他饭吃而饿死，他就自己戒饭。

戒饭是需要偷偷戒的，不可以声张，怕别人来劝而戒不成。人们只看见他每天坐在门口，也就不觉得异常。直到有一天，大平爷爷到天晏还坐在门口。平常这个时候他早就拎着竹椅回屋了，竹椅照例在他起身时会响，他进屋回身关门时门也会响。那扇会响的木门旧得发灰，门上有许多虫蛀的小洞，木纹露着筋，响起来重浊地"吱呀"叫。这扇灰暗木门后面黑漆漆的屋子我从没有进去过。

大平爷爷死后，这扇木门就这样一直关着，屋里再也没有住过人。后来屋顶的瓦片上开始长青草，青苔和小小的晚饭花。不久屋顶就塌落，塌落的瓦砾里长出蒿芜，只留下那堵墙和那扇门。门口的那丛大理菊依旧很鲜艳地开花，开了许多年。床脚下的四只活乌龟只剩下了四只空壳。大平拿来给我看过，大平爷爷活得太久，乌龟们实在没忍住。

因为戒饭，大平爷爷坐在竹椅上死了，人们把他弄到屋里去时，他就是坐着的样子。好长一段时间，我们都怕从大平爷爷的屋前经过，偶尔路过，会觉得大平爷爷还坐在那里。大平害怕的时候会露齿做一下假笑，然后我们轻手轻脚像没来过似的溜走。

我始终想不出死是什么样子，大平爷爷就这么没了，他去了哪里？说是没了，也不去什么地方，我有些不相信，只是想不透彻，被一堵墙一样的东西堵着。

饥饿是有颜色的，我脑子里饿的颜色是紫色，跟桐花的颜色一模一样。我从小厌食，对饿并不是很经意，吃的东西一直很少。一大锅水里放一把米熬粥，稀得勺子放锅里会一下子沉底，敲出"当"的声音。大碗大碗喝这样的粥，每个人的肚子都"叽里咕噜"蛤蟆一样地叫，这是肚子自己会说话了，是想吃饭的意思。

勺与鹅婆

　　勺是村里的鳏夫，与鹅婆有了，有了就有了大平他爹。儿子生下来勺就要替鹅婆养家，鹅婆不与他结婚。所以勺有女人，但不能叫老婆，他有儿子，但家却没有。大平的爷爷是"鳏寡孤独"中的鳏。

　　大平爷爷有一口很好的牙齿，他的嘴只在嚼蚕豆的时候发出声音，平时是不说话的。我在白石街从来没听见过大平爷爷说话，这是一个比哑巴更沉默的人。他身材高大而威严，哪怕这时候已老得直不起腰了，但还是高大威严着。我想不出一个人竟然可以不说话，凭我那时的理解，我只好以为大平爷爷一定没有舌头。可是说他爷爷没舌头，大平就很生气。大平说：你冤枉我。把没有的事说成有，这就是冤枉。把有的东西说成没有，大平也说是冤枉。我说的是他爷爷的舌头，而被冤枉的是他，这就很复杂，所以只好打赌。我们没东西好赌，就赌谁输了谁一天不说话。

　　大平必须引他爷爷说话，以证明他爷爷是有舌头的。这非常难，大平不是一般地怕他爷爷。大平怕他爹，而他爹怕他爷爷，那你想，这就不是一般的怕。

他爷爷坐在门口的竹椅上晒太阳，晒太阳的还有一大丛一人多高的开着花的绣球花，花丛下有几只母鸡在用爪子挖土觅食。大平装作无事走过，走过他爷爷面前时，突然转身对着他爷爷喊：爷爷！他爷爷抬了抬眼皮子，并没有理他。

大平很沮丧，吸了一口气，脸涨得通红，又仿佛无事一般从他爷爷面前走过，又突然伸出舌头，手舞足蹈地示意他爷爷伸出舌头来。这个样子大平做得很难看，像是在扮鬼脸。虽说白石街的小孩都会有事无事经常扮鬼脸，但在大人面前扮鬼脸是一件危险的事，这一般是讨打。果然，大平爷爷坐着的竹椅"吱呀"了一下，大平爷爷起了一下身，用手做了一下打的动作，旋即又坐下。这一下很突然，觅食的鸡被吓着立即逃散，大平因为手脚都在装模作样，一吓之下，自己给自己使了绊子，仰面跌倒。大平爷爷站起来跺了一下脚，大平应声滚逃而去。

我已经看出大平是个勇敢的人，虽然没能勾引他爷爷说话，但得到我夸奖的大平来了劲。他这次是跑了过去，并且笑嘻嘻，对着他爷爷学鹅叫：缸，缸，缸……他爷爷这时大怒，脱了一只鞋来扔大平。按理，这时大平爷爷应该会一边扔鞋一边骂的，但这老头没有骂，我是仔细看着的，他连嘴唇都没有动。

大平在他爷爷那儿学鹅叫是有原因的，大平的奶奶叫鹅婆，学鹅叫就是为了让他爷爷生气。大平爷爷与大平奶奶不住在一起，而且平时彼此都侧目而视。大平说他爷爷奶奶之间有怨气。

大平的奶奶鹅婆是个爱干净的人。树叶凋落，像秋风被扯成了碎片，多得满地都是。鹅婆起床后的第一件事是扫院子。老妇人扫地，扫帚与人一样高，横扫直扫，沙沙的声音传得很远。日光照在干净的院子里，扫过的泥地上蚂蚁还在爬，鹅婆拄着扫帚歇一歇，说：压不死的婊子，扫不死的蚂蚁。婊子和蚂蚁并无关联，鹅婆舒畅欢喜时要说荤话，笑眯眯的眼睛开心得变成一条缝，说起话来舌根翻得很快，说荤话声音笑而亮。那时我们都不知道她说的话什么意思。

院子里只她一个人，她一个人经常这样朗朗自语。

白石街的人不分老小都叫她鹅婆，一个小巧麻利的老太婆。她家的院落有墙门，老屋的墙门很气派，祖上是富庶的人家，墙门门楣是雕花石头，大门上的铜环烂得还剩一只。墙门面朝白石街，白石街又狭，常见她大儿子担着粪桶在白石街打横停一停，再人和粪桶、扁担顺直，移进门里去。

鹅婆的两个儿子，不是同一个男人所生，生大儿子的是她丈夫，后来她丈夫死了，鹅婆就守寡，没有再嫁人。大平爹的爹是野男人，其实也不好算野男人，是熟人，有名有姓的邻居，名叫什么勺的。勺就是大平他爷爷，性格闷得坐在那里像一块活着的石头，慢吞吞地抽他自己种的烟叶。勺是村里的鳏夫，与鹅婆有了，有了就有了大平他爹。儿子生下来勺就要替鹅婆养家，鹅婆不与他结婚。所以勺有女人，但不能叫老婆，他有儿子，但家却没有。大平的爷爷是"鳏寡孤独"中的鳏。

鹅婆叫勺在鹅婆家的院墙外搭一间小屋，院墙里开一扇门，与院子相通。小屋里的勺一人住，饭也一人吃。这样的格局与勺很配，勺也愿意。村里也没人说闲话，是说不出闲话，都明摆在那里了，说起来反而不能明白。不明白的也有，女人们问鹅婆：鹅婆，这算咋回事呢？坐着纳鞋底的鹅婆就在椅子上直直腰伸手臂，打哈欠似的说：唉，女人。鹅婆就自己率先哈哈笑，又起身到屋里，咕咚咕咚用勺子在水缸里舀了冷水喝。

从没见鹅婆和勺在一起的影子。大平的父亲没有随勺姓，也不叫爹，但勺养儿子。后来小屋里的勺到了年纪，院墙上的门就被封起来，这时鹅婆的"寡"和勺的"鳏"才成了真货。然后大平的爹就养父亲，这是老早就说好的。这时候大平叫勺为爷爷。

大平与我打赌输了，他只好一天不说话。小孩子故意不说话是做不到的，除非嘴里含一块石头。我和大平先到溪里找了一块卵石。我还记得那是一块白色的扁圆如舌头的卵石。大平把它放到嘴里去时，那块卵石刚好把舌头压牢，这样的妥帖甚至有些舒服，大平就开心而笑。只要不说话，大平是可以把石子拿出来看的。说话之间，大平已经把这石子拿出又放进三次了，三次端详之后，他就很安心地不管它了。

我得看着大平，并且我也没人可以说话了。大平开始用舌头玩他嘴里的石子，一会儿把石子放到舌头底下，一会儿把石子放到舌头上面，嘴里发出叽咕叽咕的声音。这就非常好玩，于是我也到溪里捡了一块来，也放到嘴里搅了起来。大平咕噜了一句话：石头可以做舌头的枕头。既然嘴里都已放了石子，大平的咕噜可以不算作是说话。我立即明白了他的意思，把石子搁在舌头底下，果然，舌头躺下去时舒服极了。

后来石子在嘴里沉甸甸的厚重起来，大平又咕噜着说：我想在石子上涂些糖。于是我们去找糖。糖缸里只有黄糖，放在灶头，石子放到糖缸里再取出来时会粘满糖，石子上粘满糖嘴就十分拥挤，而且一会儿糖就没了。大平又咕噜了，他说把手捆起来换说话。我就用大平的裤带捆了他的手。大平把石子吐出来大口喘气，他说他快被石子压死了。

到下午大平把捆手换成了捆脚，后来又换成把他关起来。大平非常遵诺，他就这样真个儿一天"没说话"。对我们来说，不说话与关起来是一样的，让石子压着舌头与把手捆了也是一样的。大平后来再也不跟人打赌，而且在许多年后成了远近有名的商人。知道"害"可以交换"害"的人，自然也知道"利"可以交换"利"。大平自此对他爷爷十分孝顺，他爷爷可以一辈子不说话，而他是一天也不能。

木 匠

光身的木匠被晒得如涂了层桐油，木屑从斧影下飞溅。木匠把雪白的木屑盛在碗里，对一个海滩边织网的女人说：喏，送你一碗白斩鸡。小女人一看咯咯笑，这真是像极了。

木匠是抡斧头造船的大木师傅，一斧一斧砍船的龙骨。架好龙骨还未钉船板的木船，像一条被吃掉了鱼肉的鱼骨架，放在海边的太阳底下。木匠就光着上身"叮叮咚咚"地抡斧头。光身的木匠被晒得如涂了层桐油，木屑从斧影下飞溅。木匠把雪白的木屑盛在碗里，对一个海滩边织网的女人说：喏，送你一碗白斩鸡。小女人一看咯咯笑，这真是像极了。

这个娇小玲珑的女子，就这样成了他的妻子。木匠说，他妻子娇小得可以放在他的上衣口袋里。如果真能把妻子一包香烟一般放进口袋里，有事没事就可以摸出来看看。这也是木匠说的。

结婚后，木匠不再打船，改给人做家具。有一年他去小岛给人做八仙桌，做好的料子无论如何拼不成整张桌子。他只有说谎，说夜里梦见他老婆肚子疼得死去活来，他不放心，要回家看看。就这样他把工具都扔在人家家里才逃了回来。木匠做人有气概，海涂上摸一桶毛蚶，连桶用清水洗净，再用滚水过一遍，就端着酒碗靠着木桶剥毛蚶下酒，一顿能将一桶毛蚶吃完。

玲珑的妻子给木匠生了个儿子，白胖白胖的，看见的人都喜欢得不得了，忍不住想去抱一抱。小孩圆头圆脑傻傻的，很白，见人小拳头乱捏，喜笑颜开。人抱着时，一掀一掀地挺腰板，唔唔地用力。

木匠开心。木匠有事没事都把儿子抱出来，让大家逗他儿子乐。木匠自己有事了，就让别人抱着，小孩憨憨地忽闪着大眼睛，不哭也不闹，任人把玩。儿子成了荒村的白相果。白胖儿子轮到了一群小孩的手里，小孩们肉麻心动得像拾了一头猪崽，乱七八糟喂他东西吃，数他的小脚趾，挠他脚底的痒痒，小屁股上拧一个，哇地开哭，真个儿活宝贝。

白胖儿子被弄脏，脑门上还不知被谁画了一只乌龟，脸上画满了胡须。木匠看了大笑，拎了儿子到井边去洗，剥光了搓了又搓，两三桶清水一淋，又白白胖胖，嫩藕似的。

白胖儿子会咿呀了，会吃自己的小手指了，又有三颗门牙了。木匠就开始教儿子笑呀，拜呀，装害羞呀这样的把戏。抱出来时，就说：宝宝来一个，宝宝做"恶人"给他们看。做"恶人"就是扮鬼脸，这儿子就用力捏拳头，拧眉咬牙，一惊一惊地缩脖。这"恶人"的谱，来自木匠家的门神。

白胖小孩做"恶人"越做越像，越做越神似，到后来不用鼓励也会做，是所有荒村小孩中"恶人"做得最好的。少见多怪的荒村从没见过谁有这样的天赋。木匠妻子一个人在家里抱着小孩，孩子突然做"恶人"，心惊得起鸡皮疙瘩。木匠则呵呵笑，说这是我家宝宝聪明呢。

白胖儿子渐渐长大，可是做"恶人"做成了习惯，开始是一天要无端做几次，后来越来越频繁，上了瘾，隔不多久就忍不住，忽地龇牙咧嘴地抽一下。木匠慌了神。

木匠抱着扮"恶人"的儿子，四处寻医问药。开头，每到黄昏村口还能看到这一家三口回来的身影。后来就没见过了。

木匠离开了荒村。据说木匠挑了做活的家什，边做木匠边给儿子治病，越走越远了，再也没有回荒村来。

好 娘

　　好娘连家都没回，就直接去了河边。死了的好娘被捞上来，大人们都是无声的。抬到木槿做篱的院子时，好娘的驼背丈夫、好娘的儿女都扶着门框一脸惊恐，没有哭，那表情像荒村的绝壁坎。

　　好娘家院子大，有木槿做的篱笆。娘是有好坏的，这个我们都知道。好娘对谁家的孩子都慈爱，喜欢温柔地摸小孩子的头，无限爱怜地看着，就好像个个都是她养的。在好娘家的院子里玩，吵起来打架怄气，不管谁有理，只要谁哭了，好娘就从屋里赶出来，一把将哭的孩子搂在怀里，一边拍土掸尘，一边塞几个花生或是豆子给你，安慰你。好娘只是安慰哭的孩子，对其他孩子也并不责骂。只是护弱，弱就是哭，哭就有东西吃。

　　有时候我们一起哭，但有声无泪，是装的，好娘看得出来，就笑，豆子一人一粒。我得到过一枚鸡蛋。我力小，打不过人。好娘拉了我找到我娘，对我娘说，弄一只鸡给小人补补身体。我娘与她讲了很多话，我听下来是吃鸡很难。好娘又拉了我回到她家，给我煮了一只鸡蛋。一瓢二瓢三瓢水,一口大锅,就煮一只鸡蛋,鸡蛋在水里骨碌碌转,盖了大锅盖。

好娘有四个孩子。丈夫是个驼背,佝偻着身子默默地进出,在村里算半个劳力。全家就都靠好娘撑着。村妇好娘,养了十只鸡,两头猪,两头羊。好娘的家畜听话,养得也比别家大。女人们也常来好娘家,借鞋样,诉苦闷,讲里短家长。好娘总是笑眯眯地听着,笑出声来时,声音是亮的。

好娘后来投河自杀。不知道原因。

好娘连家都没回,就直接去了河边。死了的好娘被捞上来,大人们都是无声的。抬到木槿做篱的院子时,好娘的驼背丈夫、好娘的儿女都扶着门框一脸惊恐,没有哭,那表情像荒村的绝壁坎。

锣声空洞洞的,好娘被抬上了山。

荒村从此没有了好娘。

弟　弟

　　弟弟是村里力气最小的孩子，胆子也小，走路常会被路上的石头绊倒。每回他都会把绊倒他的石头捡来，在溪里洗干净，码在床底下。他要把绊他的石头都找到，以为这样他就能平安地走路了。

　　冷风里草是青的，李花白。李花白了半个月，碎花瓣落地上，李树有了一个白色的树影。李花比桃花开得早，李树的树枝也要比桃树密，黑黑的枝干冬天里纵横杂乱。弟弟一直以为看落叶的李树，眼睛会被刺痛。李枝挑雪，弟弟觉得雪白得不好看，摇一摇树，把树上的碎雪摇落。李花在李树上怒放时，花多得不见树枝，这时的李花才像雪。

　　李树在别人家的屋后，他家没有李树，但李树落花会落在他家的墙头上。这李树长在那儿，弟弟比李树家的人看得还多，所以李树和弟弟比和自家的人还熟。弟弟是村里力气最小的孩子，胆子也小，走路常会被路上的石头绊倒。每回他都会把绊倒他的石头捡来，在溪里洗干净，码在床底下。他要把绊他的石头都找到，以为这样他就能平安地走路了。

弟弟不太与村里的小孩玩，他是外来的，他与他姐姐被寄养在外婆家，后来他外婆死了，就在舅舅家吃饭。他们姐弟的家就是他外婆的老屋。姐姐比他大两岁，要帮他舅妈做事，割猪草，喂鸡鸭，还要做饭时烧火。舅妈对他们姐弟俩很亲，弟弟不用干活，无所事事，只要走路不跌倒就好。

弟弟伏在墙头看李树，李树抽嫩枝、李叶泛青时，李子也同时结果，小如绿豆。李叶与李子是一样的青青绿绿，嫩叶之绿是轻盈的。李树比柳树更像人，穿着一身绿衣裳。梅雨季开始，枝上的李子大如扣子了。果子与叶子又是一样的绿，只是果子累累，树枝会压到墙上。

李子熟了。这一种李子心是红的，直到熟透，红才透到果皮。因为果子脆，有时果子会裂，很像冻疮皲裂，仿佛还见殷红的血。这样的果子甜，甜极。

姐姐对他弟弟好，晚上带弟弟睡觉。弟弟觉得油灯下他姐姐有点像李花。有一天弟弟梦见他姐姐没有了，他爬到床底下去找，床底下都是绊倒过他的石头，他就在冰冷的石头间一块一块地寻，没有一块石头是他姐。醒来，他发现自己在床底下与石头躺在一起。此后弟弟就留心他姐姐，看得很牢，明白不能把姐丢了。

村里来了一个小乞丐，端着个红花碗挨家挨户地讨吃。小乞丐是个女孩，与弟弟的姐姐一般大。梅雨森森，小乞丐头发上挂满小水珠，脏衣服都被雨打湿，赤着脚。小乞丐在墙外抬头看弟弟，弟弟呆了，那个小乞丐长了与他姐姐一模一样的脸。弟弟知道人的脸是可以长得一模一样的，要不是他姐姐刚走进屋里去，他是一定会哭的。现在那个与他姐一模一样的小乞丐不是他姐姐，可是一个跟他姐姐一模一样的人在讨饭。弟弟的姐姐不是双胞胎，弟弟也没有其他姐姐。弟弟跑到墙外，揉着眼睛凑到小女孩面前去看，看了许久。弟弟转身跑回屋里拿来了自己存着不舍得花的两毛压岁钱，偷偷地给了小女孩。等小女孩走到路口时，他又把她叫住，从墙头偷了一枚很大的裂开了口子的李子，跑过去放在她手中的碗里。

长得那么像，一定有某种亲戚关系在，他心里这样认为。李子吃后的核是可以种在土里的。小乞丐刚才应该回过头来对自己笑一笑，说不定他会央舅妈把她留下来，他舍不得与姐姐长得一样的人去讨饭。弟弟后来一直留意与他自己长得一样的人，一直到长大都没有见过。他曾想过，如果见了这样的人，他一定会把他认作兄弟。

李花都是一样的，李子都是一样的，与自己一样的人，仿佛李树上的李子。

元　亨

村长说：牛都是劳动者，所以村里养着，何况是人，至少待牛一样待元亨吧。一直到有了抽水机，村里还是给元亨留了一架旧水车让他车水。荒村油菜花开的田野里，暮雨中有哗哗哗哗流水的声音，那就是元亨在车水。

荒村的油菜花开了，春天和烟雨就一起来。油菜花季，晴好的天气不常有，一般都是山岚重重的阴天。成片的油菜花开，天欲雨而未雨，田野淡淡的黄，阴霾中如有亮色。真正云开天晴时，但见花连田陌。田埂是笔直的绿，山灰青，山头还缠几缕云。有闲心的人看了，眼前景就如青绿山水画。若有艳阳好天气，田野的黄就灿若金色。风有暖意，花丛里蜂蝶嘤嗡，行人眼迷离，边走边把前襟的扣子解开，图一下山风入怀的凉快。

池塘边元亨在车水。《易经》第一卦，就是乾，代表纯阳和天，卦辞是：大哉乾元，亨、利、贞。元亨的父亲读过书，生了个儿子就以为大哉乾元，起名元亨。元亨生下来就是"大糊"。荒村叫精神病为大糊——大糊涂。元亨犹如猴精转世，不会说人话，行为举止活像个猴,平时不停地抽搐双手,如人在车水的模样。

荒村木制的水车,原理就像现在的履带式电梯,用两根木制的车柄,勾住水车头上的木轴承,一拉一推间,带动水车头轴承转动。木制的水板嵌在木龙骨间,多如鱼鳞,哗哗哗哗把水一格一格地送上来。水一边流往高处,另一边稀里哗啦地往下淌。人推拉的节奏慢时,车上来的水没有漏下去的多,所以车水必须节奏快,哗哗哗哗,双手要抽风似的。

常见的木水车是脚踏的,还可安木扶手,但荒村的水车用手推拉,非常累人。元亨的抽搐像车水,人们便因联想而让他一试,不料正好,相契如人车合一。抽搐就是车水,车水就是抽搐。元亨天生会车水,让人们轻松又惊叹。

元亨便这样被用来车水,哗哗哗哗,可以一车一上午,不用休息止。元亨越抽越来劲,疯似的过瘾,而且一个人在田野的一角不怠地用着力,不需照看和督促,像一架机器。一直到疯劲用尽,脸煞白,瘫着喘气。给他饭吃,吃罢又立即哗哗哗哗不住地车水。

村长为了奖励他,给元亨买了包"大前门"。元亨不会抽,村长坐在田埂上耐心地把他教会,元亨就学会了在抽搐的间隙抽烟。元亨不会偷懒,村长想把他评为生产模范,没有通过,但村长为了奖励元亨,领着他到自家家里吃饭。村长请元亨喝老酒,吃肉,还有大碗的米饭,元亨舒适得脖颈一拧一拧的,红晕满腮。饭后又抽烟,元亨蹲在地上抽,鸡在旁边惊诧着打量。元亨呕呕地赶鸡,利索地大口吸,不停地吸,呼呼呼呼,片刻就把烟燃成一段白白的灰烬。

吸完烟，转身就不见了人影。

元亨后来一直车水，是一个合格的劳动者，自食其力。这一切都是村长力争并为他把持的。村长说：牛都是劳动者，所以村里养着，何况是人，至少待牛一样待元亨吧。一直到有了抽水机，村里还是给元亨留了一架旧水车让他车水。荒村油菜花开的田野里，暮雨中有哗哗哗哗流水的声音，那就是元亨在车水。

白　眼

　　白眼也从未杀过鸡，捏了鸡头无处下刀。鸡用一只眼盯着白眼，没有表情，也没有怯意，竟直勾勾地。白眼慌了神，闭了眼睛乱切，待放手，鸡受辱似的踉跄逃去。丈母娘见了，心里喜，这人心蛮软。

　　荒村只有一架葡萄，是文明家的。炎夏时，枝叶果实都碧绿，爬乱石墙头。猫能轻巧地在葡萄架上穿行，人只能在墙头露出半张脸去偷窥还很酸很酸的果实。

　　白眼从来都没有尝过葡萄的滋味，那个时候他也还不是白眼。他知道葡萄这种果子是由酸变甜的，他就琢磨这究竟是一点一点加糖的呢，还是突然放了一把糖。白眼决定在夜里猫一样爬上石墙去，尝一下葡萄的滋味。

　　凉风掠过发梢，星不停地眨眼，咔嚓，猫惊了屋瓦。只跨了一只脚，乱石墙轰地倒了。感觉树枝要戳着睾丸，白眼猫一般腾挪身子，另一根树枝扎在了眼睛上。白眼就这样变成了白眼。

　　从此对人都鄙视，拿眼角余光扫人。

欠了白眼五元钱的阿二，每天远远地躲他，躲不过只好低头，后来实在吃不住白眼这样的看不起，向文明借了钱还他。而白眼依然鄙视他，好像没还一样。阿二就闹心，抡起拳头要揍，白眼连正眼都不瞧一下他，阿二只好蔫了。

白眼就这样有了威信，整个村子的人不敢与他对视，小孩子模仿着学这种派头，但无法神似。白眼当上了生产队长，整个村风大变，人都肃着脸，连鹅鸭看人都是侧着眼。当了队长的白眼，喜欢把外衣披在身上，手叉腰，披着的衣服就被架起来，空袖管垂着，如果白着眼不动，就稻草人似的，派头大得吓人。

有人给白眼说亲，是邻村一个生产队长的女儿，白眼就斜刺刺去了。他拎了两瓶土酒，衣服还是披着，那家见了他赶快杀鸡。相亲的那家父亲不在，女人家杀生胆小，磨好菜刀叫他帮忙。白眼也从未杀过鸡，捏了鸡头无处下刀。鸡用一只眼盯着白眼，没有表情，也没有怯意，竟直勾勾地。白眼慌了神，闭了眼睛乱切，待放手，鸡受辱似的踉跄逃去。丈母娘见了，心里喜，这人心蛮软。

丈人来了，兴冲冲，抬头"咯噔"搁了脸，递烟让茶都是扭着头脸的。待酒过三杯，丈人队长实在忍不住，把酒杯扔在酒桌上怒道：奶奶的，上门还给脸色看，你摆什么卵子谱？我女儿不嫁你这种孙子。

白眼红了脸，嚅嚅地说：人家这不是有病么！丈人队长骂：什么病？你看得我受不了！你是对社会制度不满，我女儿不能嫁给反革命。

白眼后来还是跟这家结了亲,但老丈人一直担着心。白眼后来还是当队长,但每次政治运动都要去医院开证明。

　白眼自从当了队长,就把文明家的葡萄架砍了。荒村于是没有再出第二个白眼。

麻 绳

  一天，小麻绳打了滑，脱了，阿大心里狂喜，竟然想：出去，出去。但出去干什么呢？阿大心里泄了气，只好把青枣推醒：缚好！打滑脱了。

  有女人的人家，屋角总会有麻地，地不大，也不是很周正。麻在冬天要枯，来年再发芽抽枝，麻根就累年地重叠。雨后新麻长出来，荒得草似的。麻叶如桑叶，麻地里的露水就特别重，麻地里蹚一遍，鞋袜裤脚水洗过一样湿。麻杆拔得人一样高时，就可割麻。荒村的女人割麻是随用随割。麻就是麻杆的皮，用刮刀将表皮刮去。初麻还是泛青的，晒干绕成发髻状，依然青黄。如果搓绳，此时最好。如果织布，青黄的麻丝要在水里沤，再用清水漂净，就白如霜雪。让人联想到垂肩的白发。

  青黄的麻丝搓小绳，是纳鞋底用的。比粗棉线粗一点，也绞成发髻状，放在橱柜里备用，有麻的青草气息。

  女人纳鞋底是休闲，是劳作之余的闲活。阴雨天坐在檐下的门旁，将小麻绳在蜡上"光"一下，用顶针将针顶穿鞋底。鞋底千层布,小麻绳拉过去"滋滋"有声。针脚细细密密,排列有序。男人田种得好,就是快而插的秧苗株株横竖直,又牢靠;女人鞋底纳得好,也是快而针脚整齐又紧牢。

油灯下窗前纳鞋底,夜静得无边,默默的,只有小麻绳"滋滋"声,如牵扯岁月光阴。

老太婆灯下念经声如滴雨,小媳妇灯下纳鞋底就如微风轻叹。

青枣是阿大的媳妇,年轻得像一棵刚抽嫩叶的绿树,两口子还没有孩子。后生阿大是村里的"百内行",聪明加能干,身体又好。青枣更加不用说,人才性格样样好,手脚也利索。阿大夸她老婆:屁股是屁股,奶子是奶子,水饱嫩介(仿佛)。青枣骂她老公:身体好得像哞(小牛),馋得又像猫。我是吃不落,你们如果骚,问我借。

小媳妇们放声大笑,只有一个不笑,撇了一下嘴:青枣嘴巴皮,真借,还不要了她命根子?青枣这样说,其实是满心欢喜地溢出她对阿大好,好得她都知道阿大从前跟别人好过,她也不计较。只是夜里捏了阿大的命根子,醉了似的问:她好,还是我好?阿大不肯说,青枣就拿出小麻绳。阿大赶紧告饶:你好,你好。青枣不依:好在哪儿?阿大说:你是自做布鞋,穿着合脚又软实。

青枣什么都依阿大,只有一件事不依,青枣来月潮,不许阿大碰她,但她又担心阿大趁她睡着出去。不管干什么,这两天晚上反正不让他出去。青枣睡觉时,就用小麻绳,一头拴在阿大的命根子上,一头紧紧地攥在手里。

一天,小麻绳打了滑,脱了,阿大心里狂喜,竟然想:出去,出去。但出去干什么呢?阿大心里泄了气,只好把青枣推醒:缚好!打滑脱了。

荒村都知道小麻绳打滑脱了这件事。是青枣自己嘴巴不牢,又跟别人说。

羞 怯

　　话多是一种病，这种病的烦人之处是需要听众。日子久了人会怕，看到会躲。在荒村话多而没有听众的女人，就这样被迫变为泼妇。

　　话多是一种病，这种病的烦人之处是需要听众。日子久了人会怕，看到会躲。在荒村话多而没有听众的女人，就这样被迫变为泼妇。骂人会立即引来听众，骂与说的气氛不一样，骂如演戏，里面有冲突，情绪会被点起来，如果能有被骂者的回应，这就非常热闹。

　　南瓜蒂头的老婆烂眼炮仗，是善骂者，骂人时会顺手搬一条板凳放在路口，骂累了时要休息。板凳也会变成演"骂"时的道具。烂眼炮仗骂人是有腔调的，用凳子脚敲地面，不同的腔调配不同的敲法，骂得酣畅淋漓时，她会站在凳子上手舞足蹈，这凳子又变成了舞台。烂眼炮仗如果要骂人，她会先把凳子放在路口，然后人可能又去厨下洗碗，边洗边酝酿情绪，等操碗倒盏的声音一停，她就该出来了。这时候凳子周围早已有人等着看了。

头发解开，衣襟弄乱，有时还用扫把在院子里弄得灰飞尘扬，然后拍着手掌跺着脚板亮起嗓子边骂边走出来。实话说那可真是一副好嗓子。围观的小孩会用双手捂耳。

荒村的女人翻白眼时，会用手配以动作，这是一种发明，遭白眼的人一般并不能发现自己正遭人白眼，但对方白眼的动作摆在那儿，想视而不见都不可能。眼睛鄙视过去的同时，双手做出辅助眼光射过去的样子，嘴里还要有声音：蟹！蟹！白眼翻得明白成这样只有荒村，荒村无暧昧。

南瓜蒂头是个羞怯的人，老婆这样他也没办法。他跟队长汇报说，女人并不是生来泼，这是因为闹心，是他不好，都是憋的。唉，想不到我南瓜蒂头会扰乱社会治安，不是有意的。南瓜蒂头说完红了脸。

这话传出，烂眼炮仗回了娘家，说下恶话：你南瓜蒂头不用轿子来抬，老娘从此再不回荒村。这一口气一憋半年，爱热闹的人久不见烂眼炮仗的板凳，很盼，没有烂眼炮仗骂人，日子没有响动，不提神。队长心里觉得有亏欠，来找南瓜蒂头，叫他把老婆接回来。南瓜蒂头不肯去，队长没奈何，弄了一把竹椅子，用两根毛竹绑上，叫了四个劳力，每个人记两工分，把烂眼炮仗抬了回来。

遇委屈时，人的表情一般先是惊诧，再是生气，然后愤怒。愤怒先是脸涨得通红，逐渐过渡到呼吸急促，继而脸面发白泛青。而"窗帘面孔"的村妇不必按照程序来，一下就能把脸沉下去发白泛青，快得不需要反应时间。

家长里短的琐碎事，一旦遇到天气、心情以至鸡零狗碎的触发，马上升级为一场大战。开骂了，天生高嗓门的妇人拉长腔边骂边从屋里出来，细嗓子则摔盆揉碗弄些响动，又用手做喇叭状，以利骂声远传。"某某某遭雷劈了""某某某绝后了"，开场都是极骇人听闻的言辞，以吸引视听。被叫阵的倘若不敢应声出来，叫阵的言辞恶毒程度会升级，直到把对手逼出来。

围观者一多，就开始对骂，以将对手"噎"死说不出话来为目的。漫骂大多是没有逻辑的，拼的是一口气，动作也极其重要，夸张得令人发笑的肢体语言，能增强骂的冲击力。众人一哄笑，对方就理解为自己受了污辱。

这是一场戏，看客大多无关痛痒，会助威，会呐喊，会火上浇油，直到打起来，围观的就可以非常正当地劝拉，也算是直接参与其中，过过瘾。

对骂过程中，村里大量的隐私会被牵扯出来，碰到这种情况，骂街的人会增多，高潮时鸡飞狗跳，热闹得找不到由头，变成了纯粹的热闹。

大平是猢狲

　　大平掏鸟窝，荒村的鸟们，只好把窝越做越高，在柔弱的枝上筑巢，鸟立在动荡着的枝头，不安地叫。……大平的手刚够着鸟窝，脚下的树枝清脆地断了，大平跌下来。大平原来并非真的是猴子。

　　岁月太平无事，然而春天到了，大平就懒洋洋，平白无故地打哈欠伸懒腰，四肢八骸展一展。人在打哈欠伸懒腰的时候最没有防范，完全在自己那里，神情就有异于常态，本性都写在脸上。我总要在人身上寻找动物的影子，比如牛。有些人是像牛的，有些人像鸡，有些人像土豆。当然土豆是植物。每个人都有生肖，但属羊的不一定像羊。大平属兔，但他像猴，他在打哈欠伸懒腰身的时候就会"现形"，活脱一个"猢狲"，他妈妈也说他是"猢狲精"投胎。

　　在生肖之外像的也有，我曾见过形神都像螳螂的人，走起路来一蹶一蹶，对人侧目而视。据说，属什么而像什么就是命相中的贵格，而属兔的像了猴，就把贵格扭得很拧巴。大平的绰号就叫"猢狲精"，大平天生会爬树。

说大平的爸爸是猢狲，大平就立刻怒了，他会先慌张地环顾四周，然后扑上去与说的人打架。好在荒村没有猴子，不然传出去如何得了？因为荒村没有猴子，那么这就分明是污蔑，所以必须打一架，都不须先评理。说他爸爸是孙悟空，大平想了想也是不依的，也要打架：他爸爸是孙悟空，不就是说他妈妈被孙悟空日了吗？虽然孙悟空很高级，但大平也是坚决不肯的。

荒村的时间是单调的，时间一般被用来长草，荒草芊芊。好像人也是一会儿有一会儿没有，除非发生什么事，人们才会惊诧地聚集在一起。而平时，尤其是艳阳高照的闲日子，像大平这样的小孩，有时连说话的人都没有。总得弄出点事情来，不然嘴里会淡得发苦。大平找来几块石头，用吃空的月饼盒子装了，放到人家的门口，意思是客人来过了，主人不在，只好把礼物放在地上。主人回家自然冥思苦想，这是谁来过了呢？大平说，是一个后生放的，说晌午来吃中饭。这户人家就割菜煮蛋地折腾，等到晌午没见客人来，饿着等到饭菜都凉了，忍不住把月饼盒打开，是石头。这就遭人骂，大平决不承认是他干的坏事。为了证明自己的"清白"，他有一次捉了一条蛇来，打死，用报纸包得四四方方，放在自家门口。他爹回家看见了，犹豫着蹲下去，打开报纸看，不料报纸包着的蛇活了过来，看见人的手就是一口。旁边偷偷躲着看的大平傻眼了，跑出来救他受惊跌倒的爹。亏得是无毒蛇。大平的娘骂缺德的人骂了三天，大平跟着骂，不是他干的样子。

后来荒村偶尔还会出现这样的"礼品"，别人就不再怀疑是大平所为，而是看到有礼品在地上，就一脚踢开。荒村从此路不拾遗。

　　大平掏鸟窝，荒村的鸟们，只好把窝越做越高，在柔弱的枝上筑巢，鸟立在动荡着的枝头，不安地叫。秋天的沙朴树顶上，还架着一只乌鸦的窝。叶子落光的高大的沙朴树，干枝纵横，蓝天下很醒目。大平开始上树，他有念头，要把那只乌鸦窝拆掉。乌鸦的叫声很不祥。大平的手刚够着鸟窝，脚下的树枝清脆地断了，大平跌下来。大平原来并非真的是猴子。

亲阿罗

　　平素的日子其实是穷日子,新年家家"衣锦食肉",就特别令人珍惜,感觉每一刻都是好的,野孩子新年去拜年做客,也学着斯文。长大后知道,中国民间的过节是教化。春节是亲戚间的聚,往来中有相知相认的意思,还有辈分长幼的礼数,教的是亲情。

　　阿罗与我母亲是姑舅表姐弟,我叫他舅舅。我外婆的娘家,姓卢,阿罗是我外婆的娘家人,亲侄子。我母亲、姨妈、舅舅的童年,一如我的童年,他们的外婆家就是阿罗舅舅家。这样的血脉亲戚,维系的人是我外婆。过年,阿罗舅舅携儿带女来给我外婆拜年,我们这些平素并不往来的远表亲兄弟姐妹,就有了相聚的机会。一大群小孩,打雪仗、折梅花、攀竹梢,这一两天的聚散,做过讲过的都很难忘,鲜明地留在记忆里。

　　平素的日子其实是穷日子,新年家家"衣锦食肉",就特别令人珍惜,感觉每一刻都是好的,野孩子新年去拜年做客,也学着斯文。长大后知道,中国民间的过节是教化。春节是亲戚间的聚,往来中有相知相认的意思，还有辈分长幼的礼数，教的是亲情。荒村叫舅舅为"舅舅大石头"。亲情的礼数里，舅舅有特殊地位，是客人中的最尊，舅舅代表了血脉的另一半，是女主人娘家的人。"娘家无人"是被欺侮的替代词，说时心情黯然。

舅舅坐上席。外婆家坐上席的按理是舅公，也就是阿罗舅舅的父亲，但舅公作了古，同辈中就由阿罗坐上席。

我外婆死时的丧礼，阿罗打点了作为娘家人的所有礼数，虽然他比我外婆小一辈，也是周全得体的。荒村有一个现象，像婚丧这样的大事，主人家关心的总是不要让旁人挑剔。事实上也真的会有"旁人"评头论足，平日里这"旁人"不可见，而此时冒出来——可能是你也可能是我，确实有执言的权力。

阿罗被人挑剔，是他替我外婆"浇杠"。"浇杠"是出丧时的关键仪式，杠师用酒壶在棺材四周洒酒，口中念念有词。这词是杠词，类似于新丧礼中的悼词。杠词在荒村是一首长诗，代代相传的，开头是"日出东方一点红，一口棺木放在路当中……"杠师的好坏，就是能不能把词说完整，还有涉及主人平生的内容要"化"得好。好的标准是夸张、生动，有时甚至是有趣。阿罗舅舅浇杠时，说到"上山容易下山难，凤凰飞过九龙山"时说不下去了，后面只有咕嘟，这就很失败、不敬。不敬不是本意，我们都会原谅他。

我外婆死后，阿罗舅舅伤心之余叮嘱：不要疏远了啊。按一般的习惯，外婆一过世，小辈之间的往来就靠交情了，再无"必须"的理由，一般都会渐渐地疏远。

阿罗后来把每年过年"惦念"他姑妈的感情一分为四,每年看望其他的四位表兄表姐妹:我母亲、我舅舅和我的两个姨妈。我喜欢每年去他家拜年,这是因为阿罗舅舅是厨师,他家烧的饭菜特别好吃。还因为他家有电灯,而荒村是没有的。与表兄弟睡在阁楼上,晚上啪地拉亮电灯,夜里可以这么明亮,明亮如另一个世界,我是神往的。阿罗舅舅的小儿子是我的表弟,从会说话开始就把蚕豆叫作"乌住",他说就是乌住,蚕豆是不对的,人们都拿他没办法。这个词他一个人一生专用,我也很好奇。

去我外婆的娘家,也就是阿罗舅舅的家,要过三条山岭,在三十里之外。记忆中那三十里特别远,烟雨花树村落,小时候要走上几个小时。这样遥远的地方,一年也就去个一两次。阿罗舅舅喜欢忆旧,喜欢讲述往事,小口地呷着酒,叹息又叹息。说起我外婆他就要伤感,说到动情处,眼泪鼻涕一起来,哽咽着搁筷。我母亲陪着劝慰他:这么多年的事了,你还记着,阿罗呀阿罗。我忍不住笑,学:阿罗呀阿罗。我母亲用筷子敲我头。

阿罗舅舅对往事的沉湎,可能是对亲情的一种表达方式,在他心里亲情重于山。

有一年我们路过阿罗舅舅的那个村,在村口被他碰到。那时候亲戚的走动都在年关,平常日子走亲戚,会使对方难以招待。我们只是路过,阿罗舅舅惊喜地拉着我,端详了又端详,我母亲没奈何,不上家去是不行的。阿罗舅舅杀鸡,我母亲苦拦都拦不住,急得落眼泪。饭后是挽留再挽留,留不住只好送到村外,舍不得回,又一程一程地送。

　　我记得是暮春，路在田野间，风吹路边青青草，雾扑面，水珠凝在眉头发际。田野中电线杆上的电线嗡嗡地响，阿罗在浓雾中一步一回头。

贱良平

良平说：哭有什么用？我们家兄弟都不哭，只有妈会哭。可是你哭过一次。良平脸红了，良久说：那是饼干太好吃了，我从来没尝过那样的滋味，好吃得我忍不住流眼泪，只是流眼泪，不是哭。

良平家三兄弟，他是老二。良平没有父亲，母亲是一个干瘦不堪的病女人。这样一个女人，又挨个儿生了三个儿子，人就干藤似的。这一家上无片瓦，下无寸土，所谓家的样子是一根枯藤扯拉着三个嫩瓜。记得良平的娘叫"小说"，应该是小雪。"雪""说"，方言的音一样，所以在良平面前不能说"小说"，否则他要发怒。

四十年前，父母的名字被别人叫，孩子以为这是一种辱。父母再上一辈的名讳更加叫不得，如果叫人太太公的名字，半个村子的人都会与你过不去。一般骂人的惯用方法是：某某某（他父亲的名字），某某某的阿爹。把对方骂成是他爸爸的爹，被骂的就十分着愤。

小孩作孽，大人牵来打一顿，打的时候也把儿子叫作阿爹。良平的母亲打良平，自己哭着边打边骂：棺材，你这口棺材、阿爹。阿爹侬又犯贱了啊？我今日一定要打死你！良平就手捧着头，鸡一样蹲在地上，任他母亲用柴爿劈头盖脸地揍，不躲，只狗一般低声号。

良平犯贱，只是为了吃。他一定是偷吃了家里不该吃的东西。他家应该是没有什么好东西可以被偷吃而遭这样恶打的，但良平从来不说。被打的时候，哭也不是哭样，良平的愁、怨、哭、笑在脸上的表情都一样，都是"蹇"，脸上皮肉一聚，拧成一个结。喜的时候嘴里呼呼地响。现在想来很怪异，但那时觉得很正常，因为这样才是良平模样。

良平是矮子，又宽宽的，像蛤蟆。他常遭人欺侮，但他从来不怕欺侮，辱骂无关痛痒，打也是被打惯了的。他本就生来是被辱着的，辱不会给他以委屈。反倒是辱他的人，会被良平扣住情绪，没耐心的他就弄得你烦死，性子暴的他就撩拨你兴起暴怒，反倒被良平捉弄消遣，得不到便宜。

从前的冬天奇寒，多雪。小孩天生喜雪，穷乡僻壤的孩子也一样。小孩子成群结队地打雪仗，雪球扔来扔去，扔到后来就成了平时要好和不要好的两队，真的打。与良平为伍的人自然少，这一场仗就变成了被雪团群殴。良平说：为头的大块头是个"哭作猫"（小孩爱哭乡言叫哭作猫），他爹妈把他当宝贝，特别娇气，一骂他就只会哭，骂他"哭作猫"，他就只会蹲着哭了。

于是一群小孩群起而辱"哭作猫"。这次的骂，良平骂一句，众人齐声跟一句，一直骂到：你爷爷和你妈生的你！果然"哭作猫"哇的一声开哭,蹲在地上伤心得不得了。小孩们仿佛一下子都怕沾了这样来历的"哭作猫"的难为情,呼喊一下四散。那一年良平才七岁。

良平似乎从来不哭,不哭的小孩很少见。他一般总是一个人,喜欢一个人往山上钻。到了吃中饭时节,别人都往家走,良平待别人走光,就躲着人上山。后来才知道,良平家中午没中饭吃,山上的野食是他的中饭。山上的野果什么能吃什么不能吃,他都晓得。他还会吃草,牛羊一样,这种草就像扑克牌里的那种草花,是苜蓿。苜蓿炒熟可当菜,生吃的滋味是涩的,吃了胃会叽里咕噜地叫。

看到良平的哭只有一次。有一天,卵石路上爬了堆黑蚂蚁,是有人掉了一块饼干在地上,把蚂蚁引来了一群。饼干方方的,那时也是稀罕物,良平不认识,一群孩子就都取笑他。他默然踢着石子躲开。后来良平一个人就在那条路上走来走去,来回走了许久。到晌午,我无意间发现良平躲在一个墙角里,用衣袖在擦什么东西,然后轻轻用嘴咬。原来他背着人把地上那爬满蚂蚁的饼干捡了来,偷偷在吃。吃着吃着,良平就流泪。

山芦苇开花,也是"蒹葭苍苍"的样子。芦花用剪刀剪去,可以扎扫帚。有人冒着秋暑剪芦花,扎成一把把小芦帚,送城里的亲友做礼物。良平喜欢在成片密匝匝的山芦苇丛中钻。用身子钻出一条条地道一样的路径,又在一个芦苇更密处,把芦苇折断,做出一个很大的窝。

他说这是他的"家"。他脱掉衣服,人像老鼠钻洞一样爬,弯弯曲曲，爬着爬着，突然开朗，枯草丛里一个很大的"巢"，巢里空空的，非常干净，又隐秘得所有人都不知道。良平许多时候就躲在这里睡觉，有时晚上也不回去。晚上不回去你娘不会找吗？良平说：不会找，我娘说，这样子做人，找回来干什么。良平露齿笑，身上隐隐都是枯芦叶子割的伤。问他为什么要脱衣，良平说：身上的皮划破了会长好，衣服破了是没钱买的。

这样的话听了都心惊。良平应该就此可以哭一哭。良平说：哭有什么用？我们家兄弟都不哭，只有妈会哭。可是你哭过一次。良平脸红了，良久说：那是饼干太好吃了，我从来没尝过那样的滋味，好吃得我忍不住流眼泪，只是流眼泪，不是哭。

芦草窝里，芦草的梢头没有将露出的天全掩上，阳光能进来，雨也能进来，夜晚的星星在这样的草窝里看，安静得没话说。

羊癫与花癫

羊癫疯，就是癫痫。附身的羊会饿，饿了要去吃草，阿五就被放出来。阿五醒来，很累，也很过瘾。他爬起来又坐在凳子上，只知道他刚才是坐在凳子上的，发生了什么他本人不知道，感觉手还是手，脚还是脚，身子依旧是自己的身子。

荒村多裸露的岩石。"亮水乌泥白石头"，无灯之夜走夜路，亮的是水，黑的是泥，石头是白的。整块的岩石在天色中泛着惨惨的白，或是黎明或是子夜。梨花在山中，草还没有颜色，远看山色，白可以被忽略。夜雨涧中流，岛上的溪水一会儿就流到了海里，到了尽头。

一个三十多岁的女人，绰号叫"老石头"，人如梨花苍白，有病，郎中说是花癫。花癫不同于癫痫，患癫痫的是阿五。阿五有一天黑夜走路，摸黑到自己的房间里，说是有一头雪白的羊跟了来，阿五吓得不知道点灯，坐在黑洞洞的空屋子里，面朝着门，大眼睛在黑暗里盯着门的缝。跟来的羊从门缝里薄纸一样进来，哗地蒙了阿五的头脸,阿五窒息,开始抽搐,口里吐出许多白沫,眼睛翻得都是眼白,从坐着的凳子上掉下来,滚到地上又冷极了似的抽搐。

阿五被羊附了身,羊癫疯,就是癫痫。附身的羊会饿,饿了要去吃草,阿五就被放出来。阿五醒来,很累,也很过瘾。他爬起来又坐在凳子上,只知道他刚才是坐在凳子上的,发生了什么他本人不知道,感觉手还是手,脚还是脚,身子依旧是自己的身子。羊隔三岔五要来,把阿五当衣服穿。羊为什么要附阿五的身?是羊想化作人。

老石头某一天把阿五的东西吃了,吃的是什么东西,怎么吃的,味道怎么样,我们不知道,阿五也不肯说。豆地里的秋豆被压倒了一片,阿五的背脊上都是豆秆的划痕,一道道血印子,斑驳。阿五的娘在哭,说这是强奸。阿五的爹吼:哪有女人强奸男人的?阿五娘也吼:阿五不是男人啊,他是孩子。阿五十四岁,阿五被老石头吃去的东西叫童贞。据说我们都是有童贞的人,但是摸遍全身寻不到。

老石头的老公要出门,出门前把他的婆娘摁倒,用圆珠笔在老石头的身上做了记号,说:如果回来记号丢了,你小心你的命。老石头魂不守舍,忍不住东游西逛,坐在山上的石头上,哀哀地哭,苍白如梨花。有单身的男人走过,她会求,跪下来求,哭着求帮忙,胆小的男人会夺路逃走,胆大的就给她帮忙。帮忙是要帮到底的,老石头掏出圆珠笔,请男人把她老公画的记号补上。

肚仙(巫婆)说,男人是火,女人是水。女人的水遇到男人的火才会沸。而老石头的水非同一般,是油。碰到火就越烧越旺,就熄不灭，要熄火，除非到海里去泡七七四十九天。

老石头半夜到海边，脱了衣服，岸边立着。海是黑黝黝的，浪花里有磷光，是七彩海火，远处有凝眉似的灯，是渔火。潮水在叹息，风轻薄。老石头蹚着水，走到海里去，海水绸一般滑，与她肌肤相亲，冰冷刺骨。眼前的苍茫无与伦比，除去潮音，安静极了。

老石头在海里泡，身如卵石，圆润而湿漉漉，水洗卵石滩，呻吟如同哀号。

酒里泡药，蜜里泡枣，海水里泡老石头。

老石头死在了海里，火就熄灭了。她被海水托起，白如一张纸，弱如一根萍。她俯着，面朝着水。男人在海里死，浮着的身子都是俯着的；女人在海里死，浮着的身子都仰着。而老石头俯着，那就漂着吧，荒村世世代代，对错了正反的浮尸，从来不捞。

好的意思

　　大平与阿七好得"一堆屎分着吃",也是梅雨后初伏才有的事。两人走路也要勾肩搭背,小便也要在同一棵树下,还交头接耳窃窃私语。大平与阿七好即是他们对别人的疏,小孩子也会察言观色,联想着他们间不知发生了多少有趣的事而自己不知道,就有些郁闷,又要装作不在乎,有些难过。

　　人有亲疏,他对他好,或对他不好,为什么会这样,我们常常不明了。大平的哥到了欢喜人的年纪,走路时不时会哼几句歌,站着的时候靠门上,一只脚尖踮着,手叉腰。老远有女孩子走过,就要昂一昂头,好像鹅的头颈一般。

　　大平与阿七好得"一堆屎分着吃",也是梅雨后初伏才有的事。两人走路也要勾肩搭背,小便也要在同一棵树下,还交头接耳窃窃私语。大平与阿七好即是他们对别人的疏,小孩子也会察言观色,联想着他们间不知发生了多少有趣的事而自己不知道,就有些郁闷,又要装作不在乎,有些难过。

烂疙瘩那张脸就看着使人不舒服，吸鼻涕的声音也比别人重，说话重得像聋子，你厌恶得已扭过头去了，他还凑上来，你躲，他一把拉住你，唾沫星子溅你脸上，极要好地说与你听。

大姨父吃饭的时候坐在桌子上首，也是唾沫星子乱溅地说话，眼角还醒目地挂着黄豆粒大的眼屎。大平觉得这吃饭就没意思，就常说不饿。泥泞的雨地里赤脚走路，满地是稀泥般的鸡屎，无从下脚，脚背弓着，尽量将脚底凹上来，想哭。姨父不坏的，烂疙瘩其实也不坏，还帮我打过架，拉屎的鸡们也是好的，就是因为好，哦……

烂疙瘩偷听了大平与阿七的窃窃私语，原来大平的哥在向阿七的姐提亲。荒村的娴静女子少，阿七的姐就是一个，大平家里人都很喜欢。阿七的爹早就看上了大平的哥，这小子身板好，牛一样会吃苦。这就变成了亲戚，阿七和大平搂肩搭背就是事成了的说明。烂疙瘩一直想巴结大平和阿七，不是想一起搂肩搭背，只是想他们玩时后面跟跟。大平和阿七不答应，不愿意和他好，还说：吃屎去。

平脸，门板一样的脸，烂疙瘩为什么要生这样的脸？看得人心沉，心焦。烂疙瘩不坏的，不坏也没法好，许多事跟好坏不搭界。

阿七的姐跟大平的哥结了婚，嫁过去很恩爱。半月后回娘家，阿七的娘看到女儿瘦了一圈，问：他对你不好？阿七的姐说：没。他们家对你不好？也没。阿七的娘松了口气：他家还富足，一家人也不错的。阿七的姐说：是。可阿七的姐越来越瘦，阿七的娘拉了女儿小心问。阿七的姐说：我在他家没法吃饭，他们全家吃饭都猪一样噜噜阔阔阔……这声音让我吃不下饭去。

这是没法说的，这都不是错，说出来这是阿七的姐嫌人家。所以阿七的姐再也没说过，只是不久就瘦得皮包骨头。阿七与大平依旧搂肩搭背玩着，大平家吃饭依旧"噜噜阔阔阔"，一日三餐，一年365日。阿七的姐第二年就死了。阿七的娘捂嘴哭，都哭不出声来。

烂疙瘩远远地坐在墙头上，看着哭成一片的大平家，嘴里怪叫：噜噜阔阔阔。听到的人都厌恶他。

小 调

　　白石长街落寞的时候，空空荡荡。戏文大糊上街，使人一惊。开道的旗幡是明黄和翠绿，又镶大红旗边，在风里飘扬，盛装穿着也很威严，神情慷慨严肃。他大踏步地悠然而行，仿佛一身正气。

　　石板街最北处，有一户人家，这家的男人高瘦，平时的样子总是懒洋洋地垂着手。他是长街里唯一会唱小调唱词"活口"的人。他家从临街的后门进出，屋后是一个土院子，兼做菜地。菜地的角上有一棵柳树，柳树下有一块石板，这男人经常在夜饭后，在石板上放一把竹椅子，在院子的柳树下拉二胡。二胡拉得没话说，都能让人听出他的愁心来。

　　他有唱戏的瘾，从前做过木偶戏，吹拉弹唱演都是一个人，可以唱半夜。更早的时候四乡八里赶庙会，那时他还年轻，穿一身关公的戏服，前面旗幡开道，身后是踩高跷的、舞龙的，一路唱，唱的就是"哎格伦敦哟"。

　　如今戏服与旗幡他一直还偷偷保留着。曾有人来抄过家，但没找着。他藏在柳树下那块石板底下的一只缸里。那只埋在地下的缸,是他祖上从前在兵荒马乱的年月藏细软用的。戏服被这样藏得不见天日,一直像新的一样。梅季后,他会叫他的瞎子老婆偷偷在院墙根下晒一晒。

他的瞎子老婆,会做针线,是他教的。她老婆夜里给他和两个儿子补衣服,不用点灯,悄无声息,这时他会叹一口气——唉。两个十多岁的儿子是双胞胎,面庞、身材一模一样,像他们的父亲。父子仨屋里一站,都是瘦而瘪瘪地垂着手,手肘处的袖子都打着补丁,身上蓝卡其布洗得发白,露出棉筋。

这户人家穷得清水洗过一样。他做不来体力活,也没有实实在在可养家的手艺。他的瞎子老婆经常到邻家去借米,打门,开口,看不见别人的脸色,乞讨模样。

从来不见那户人家点灯,晴好的晚上,一般他总是坐在柳树下拉二胡,自编自唱小调。他们家的儿子老实,吃好晚饭就早早上床去,兄弟俩并排躺床上,仰面盯着乌溜溜的屋顶,不说话,喘气,听他们父亲的琴声,出神。他的瞎子老婆在屋里摸索,叮叮咚咚地洗碗,从水缸里舀水,走来走去地擦灶头抹桌子。

他家的晚饭特别早,而此刻,这条街上家家户户刚好点灯吃晚饭。小店老头此刻正袖手坐着,眼睛盯着那一格自家门前的石板,把玻璃灯捻了捻,本来是想捻暗一些的,不料反而捻得更亮,亮一些就亮一些,店老头负气地耸了一下肩,让灯更亮着。此刻更亮的光亮使人不自在,但老头倔,跟自己绷着。

瘦子在自家院子里的菜地边的柳树下的石板上的竹椅子上坐定，开始拉小调了，边拉边唧唧哝哝地唱，唱什么听不真切，待唱到一句调子末尾时，就是"哎格伦敦哟"。这时，他躺在床上的儿子、在厨房摸索着的瞎子老婆也会一齐随喝"哎格伦敦哟"。正在吃饭的邻居和正好路过的路人都听得见。于是有偶尔路过的陌生人就笑，说这一家人是"大糊"。

"大糊"就是精神病。说不是精神病的人"大糊"，有傻瓜的含义。可是，拉琴的瘦子确实是"大糊"，间歇性的，是半大糊，人家都叫他"戏文大糊"。平时清楚明白，犯病时才发作。一年约一次，都是在秋冬换季的时候。

戏文大糊发作，就是唱戏，不过不是平时唱法。他会把那套庙会的关公行头从缸里取出来，整整齐齐地穿戴好，仰着头，迈着演戏的步子上街，让两个儿子执着旗幡开道。父子三个就在这条白石街上从北头走到南头，转身，又从南头走到北头。边走边唱。

他就以为自己是关公，脸上的愁容一扫而空，唱的还是这个小调，唱词突兀怪异，声音高昂，有玻璃落地般的脆声，句句都让你听得明白。

白石长街落寞的时候，空空荡荡。戏文大糊上街，使人一惊。开道的旗幡是明黄和翠绿，又镶大红旗边，在风里飘扬，盛装穿着也很威严，神情慷慨严肃。他大踏步地悠然而行，仿佛一身正气。

整条街一下子有了异样的喜气，人们都会放下活计走出来站在自家门口观看，大人小孩笑着说着，很高兴的样子。店老头把凳子搬出来坐在店门口,好像真的看戏一样。小孩子们一路跟在戏文大糊后面吵吵嚷嚷地嬉闹。等戏文大糊唱到"哎格伦敦哟"时,街上的看客都熟极而齐声随唱"哎格伦敦哟"。

这一天,整条街就唱这样的调子。学唱的余音会一直到日落,像过节一样。

呆　坐

　　鹅也是雪白的，别着头，走路踌躇满志，又于万事不慌张。对面牛走来也是不让的。然头颈像是生来就可以被人提的把柄，赶牛人走过来，把它的头颈一提，鹅就不得已身子悬空。被扔在路边，爬起来，扑棱着又爬上来，"呱呱"骂几下，又仿若手背剪，头高昂，继续踌躇满志地走在路中央。

　　我童年时无端生得白，这与荒村格格不入。荒村从来认为男人白皙是件羞耻的事情，以至我小时候很不愿意洗脸，又风雨烈日不避。我至今都没有在下雨天打伞的习惯，大雨里走路也是不紧不迫的。

　　人对雨畏惧，以为被雨淋透是见不得人的事，对剥了衣服洗澡就不以为意。夏日暴晒只会蜕皮，蜕了皮还是雪白。我在荒村被别人取笑，主要是因为白。三十岁以后刻意弄出了一张胡子蓬松饱经风霜的老脸，以匹配世道人心，可衣服之下的皮囊依旧苍白。太阳晒不黑的人，据说月亮可以晒黑，而这在从前没有试过。

　　我在荒村还不识字，不知道世上有书这样的东西。荒村大多数的日子天气晴好,人们都在做事,我只好在门槛上呆坐。阳光底下背靠门柱,看路上偶尔走过的鹅,或两三只觅食的母鸡。鹅也是雪白的,别着头,走路踌躇满志,又于万事不慌张。对面牛走来也是不让的,然头颈像是生来就可以被人提的把柄,赶牛人走过来,把它的头颈一提,鹅就不得已身子悬空。被扔在路边,爬起来,扑棱着又爬上来,"呱呱"骂几下,又仿若手剪背,头高昂,继续踌躇满志地走在路中央。

荒村的母鸡大多是芦花鸡,羽毛色泽斑驳,母鸡寻食时东张西望。鱼、鸡、鹅、鸭的眼睛不生在同一侧,要看到正对面的东西必须把脸转一下,用一只眼睛"照"一下正前方,所以看上去一直在东张西望,走路也是。母鸡也会隔一段时间在太阳底下的泥地里伏着扒灰尘,把全身的羽毛都蓬松开,脚不停地扒土,弄得舒服了,蓬松的羽毛自然地慢慢收起来,眼微闭,安心做孵窝状。鸡的这种状态,荒村叫"赖婆",是鸡天生的孵蛋时的动作。这时无蛋可孵,就只好在泥地里模仿着过瘾。

这样呆坐着看,鸟飞过、竹长笋、树开花就都变成了大事。日子一季一季地过,平白无故地有时能把地上的阳光呆看出金色来,蚂蚁在纯黄的金色里排着队走路。

大多数时候是胡思乱想,想的事物也脱不出荒村,一般都是想吃。想吃的东西,可以一直想出味道来,就满嘴口水,咽下去,真的吃了一般。想着想着会失神,呆掉,别人唤好几声才能回过神来。失神是什么都不想,是把感觉像衣服一样晾晒的样子,空的,跟做梦不一样，做梦是演戏，失神是自己丢失自己。

　　坐久了也会打盹，忽地把头撞在门上，吃惊地以为发生了什么，见没有发生什么，就又袖手蜷缩着打盹，小乞丐模样。我至今还有情不自禁坐地的习惯，是在荒村不知不觉落下的习惯性动作。如今偶尔也会在闹市这样呆坐，坐得与在荒村时无异，不过是蚂蚁变成了人流。

听　影

　　如果，这世界真的如阿六说的那样，相同的只是说法，那我们每个人都只活在自己的世界里，这何其孤独。

　　烟是有颜色的空气，就像水里洗墨渍。摸得着看不见的东西是风，看得见摸不着的东西是影子。大平说：错，瞎子摸得着影子。

　　吵架的时候，老是去踩别人的影子，据说这是让对方吃亏的方法。踩的地方一般是影子的头，踩着，还要用力将脚尖在地上旋，也有人使劲蹬几下，仿佛能将对手钉牢在地上。踩影子后被吓住的小孩也有，不敢逃，以为身子一逃，会把被别人踏在地上的影子扯断，就像衣服一样，很令人不敢想象。

　　阿六就这样认为，是他爹教他的。阿六的影子被人一脚踏牢，他逃是逃的，就是朝太阳的方向逃。这样的逃法，是他把自己的影子牛皮筋一样拉长，影子还在你脚底下，但是他已逃出很远。再低头看阿六的影子，就变淡了，淡着淡着溜了。这样的聪明，我们都想不到。

　　大平知道瞎子摸得着影子，也是阿六他爹说的，阿六的爹就是瞎子。阿六的爹坐着时，一说话就要翻眼皮，眨巴眨巴，还一边用舌头舔嘴唇，说话很大声。表情主要靠嘴，他表示笑时，嘴巴要比别人咧开多一倍，只嘴在那儿摆一下，并不发出笑声。阿六的爹耳朵很特别，他听声音就像捕捉什么飞虫似的候，他听着的时候，眉头紧皱着，认真地冥思苦想。他说：风的影子像条蛇。喔，唔唔。雨的影子是虫子。阿六，不要让别人踩你影子，听见弗（没）？影子是魂魄知道弗？阿六小声应：知道。于是大家也都知道了。

　　阿六因为有这样的爹，他的说法想法一直跟我们不一样。阿六说：每个人眼睛看到的东西都不一样。

　　阿六拿来一张纸，很严肃地说：这是什么颜色的？大平说：白的。阿六又说：是不是跟我的屁股的颜色一样？大平说：你让我们看一下你的屁股。阿六捋下裤腰让大家看了一下。大平说：一样。阿六说：你看到的与我看到的虽然不一样，但我们都把纸和屁股的颜色叫作白。比如，天上下雪了，你看到的雪是红的，我看到的雪是绿的，他看到的雪是黄的，但我们都把雪的颜色叫作"白"。我们都把它叫"白"，但你看到的白与我看到的白不是一种颜色。大平想了想，说：这也是你爹说的？阿六说：不是，我爹说世上没有颜色。大平说：你爹连黑也看不见？阿六说：看不见，他不就是瞎子嘛。

　　如果，这世界真的如阿六说的那样，相同的只是说法，那我们每个人都只活在自己的世界里，这何其孤独。

重 梦

邻居大平,做梦也会捡钱,醒来见没有,会号啕大哭,又会发愿:下次再让我做着捡钱的梦,一定要用绳子捆牢在身上。那一天他又会很傲慢,因为他是在昨天夜里发过财的。

在荒村做过很多梦,有些梦是重复的。《人间天真》所记,有不少也是梦,但这个梦是真梦,的确是睡着了以后才发生的事。人生的梦中经历,不会比醒着的时候少。这就好比读书,读得多,记得的少。梦大多要忘记,醒来就忘记。也有醒来虽记得,但到中午就记不确切的。直到有一天听到人在述梦,忽然很惊喜,这梦我也做过,所以梦就像别人的故事。

荒村做梦,在星月满天的夜晚。年纪小得不想未来,就常做三种很明白的梦。

捡钱。忽然到了一个地方,地上青草般长出钱来,多得如小石子。钱都是小钱,是谷子(硬币),一枚一枚地捡。这样的捡很自律,我都不慌,心里明白着,好像有人曾告诉过我,梦里捡钱要一枚一枚地捡,不能用手捧,一捧,钱会像水中的鱼一样被惊着,会一瞬间都转身逃走。

梦里的钱是活的,像水花,就从容地捡。有时候是在太阳地里,钱都听话地聚作一堆,闪着光。有时雨天也有钱捡,钱就重一些。捡一枚,在衣襟上擦去水,放进一只布口袋里。我梦中捡钱时,每次都带着我家买米用的那只白色布口袋,从来都没用过篮子,也不用碗或罐子。捡到有半袋,就会在袋里用手掏,把一些个树叶碎石拣出来丢掉,也会把一些个旧钱瘪钱缺角的钱,扔到地上的钱堆里,换一些新的发亮的,然后背到家里,累得出汗,心想:这不会又是梦吧?

就在饭桌上摊开,一分的、二分的、五分的分类,用报纸一筒一筒地卷好,找一个箱子,都放进去。我这个箱子也有来历,是从溪边捡来的木箱,平时放自以为珍贵的石子小玻璃球之类东西的。而捡了钱,就把箱子一覆倒空,用来放钱。有钱放时,箱子会比平时新,新得很高兴的样子,而且再多的钱都纳得进去,往往刚好放满,盖好。

还是担心这依然是梦,就放在枕头旁,心安,放心地睡。醒来睁开眼,明白昨夜捡的钱就在枕头旁,眼睛慢慢移过去,没有。这就跳起来,慌张地去枕边乱摸,心一沉,头脑瞬时清醒——又是梦。人就靠在床头沮丧极,连睁眼的力气都没有。

邻居大平,做梦也会捡钱,醒来见没有,会号啕大哭,又会发愿:下次再让我做着捡钱的梦,一定要用绳子捆牢在身上。那一天他又会很傲慢,因为他是在昨天夜里发过财的。

被鬼追和逃命。我一直怕鬼，现在也是，相信鬼是有的。因为不信人这么明白的东西，说死就死，什么也没了。所以鬼是有的，是人死后变成的另外一种东西。之所以怕，就是怕它躲在暗处令人猝不及防。还有"厉"，恶而不可捉摸我称之为"厉"，而"厉"我没有。所以对鬼就不能像对狗猫那样与之平心相处，见了就怕。

见鬼，一般总是在梦里。梦里见鬼有征兆，要么是打雷，要么是下大雨。鬼就无缘无故出来，有人明白告诉我这是鬼，谁告诉的不清楚，反正知道。这就魂飞魄散，大喊而逃。逃总是逃不快，有诸多障碍，或者腿脚动不了，或者是被捆着，或者是逢路路断，逢桥桥断，断了就跳，一跳就惊醒，大汗淋漓。

有一次梦见被鬼追到死胡同，万般无奈之下装死，憋了气躺地上，心想：我都与你一样了，我都与你一样了。鬼就探手来试，没气，鬼正想不明白，我就被憋醒，救了一条命。

娶老婆。从小就被人提醒，做人做下去，是要娶老婆的，这就成了许多行为被要求的目的，如攒压岁钱，不浪费食物，甚至洗脸。被人一把拉去，骂：脸都成灶猫，以后如何娶老婆？我梦里的老婆都极难看，而且不认识，坏人居多。梦里的老婆变成没收压岁钱、不让你吃饭和逼你洗脸洗澡的代表，而且力气巨大，打都打不过她。印象里都是花衣服，小戏文里人物一样花枝招展，有一次居然还骑马抡着刀，直取我的命根子，比鬼还恶。梦里娶老婆一般都哭醒，现在想起来既可笑又觉得何其恍惚。

年　画

　　婆婆的猫老是蹲在针头线脑的竹盘边，提防我似的。这是一只温顺的家猫，叫起来声声都是乞讨，我经常喂鱼给它吃。

　　屋倒了，墙还在，废墟长满了木莲。木莲藤就是薜荔。藤蔓是木质的，在墙上的石缝里生长，不枯凋，永远墨绿着。

　　木莲，阴郁的植物。

　　四十年前，这里住着一个婆婆，叫小屋婆婆。小屋是低矮的，只有一间，小屋就是眼前这一小块废墟的前身。

　　婆婆坐在小屋低低的门前，晒太阳。竹椅坐下去吱嘎作响，竹椅上的竹篾久浸人气，成了酱肉色。婆婆晒太阳，剪鞋样，纳鞋底，做鞋。身边放着一个竹盘，竹盘里盈着剪刀、线板、顶针、尺子、润线的蜡……还有，还有什么？还有一张花花绿绿的纸，是针头线脑下面垫着的一张旧纸。婆婆是孤老，陪她晒太阳的还有脚边一只猫。

　　我神往这张纸。这是一张年画。记忆中在荒村从未见过画，毛主席像是有的，但那是照片，贴在吃饭桌子的上方。我后来发现，毛主席像的微笑和蒙娜丽莎是一样的。你回忆一下，真的。毛主席的笑别人教我叫作慈祥。慈祥的下巴长有一粒痣，每天看着我们吃饭。

婆婆的猫老是蹲在针头线脑的竹盘边，提防我似的。这是一只温顺的家猫，叫起来声声都是乞讨，我经常喂鱼给它吃。

小屋婆婆眼花了，穿针眼时对着光，头往后仰，使劲地与捉着针线的手拉开距离。我走过，她便招手：给婆婆把针眼穿上。我又要在她竹盘里张望那画，婆婆笑眯眯地说：你喜欢这张"花绿纸"，婆婆送给你。婆婆拿来一张旧报纸，把"花绿纸"换出，送给了我。"花绿纸"的背面画着鞋样。我说：婆婆，这是鞋样。婆婆说：是鞋样，婆婆也喜欢这张纸，所以没做鞋，垫盘底了。

婆婆把纸送给我，老猫没有叫，老猫也是肯的，老猫抬头看着我，变着目光。

这幅画：漫天的大雪里，一株红梅开着，一个背着书包的小女孩打着油纸伞，走在雪地里去上学。小女孩脸是圆的，穿着花棉袄，脚上是跟棉袄一样的花棉鞋，笑着，大步流星。

我认为这小女孩是婆婆小时候，婆婆哈哈笑，没有牙齿的笑，笑得我极其难为情。小人是谁呢？是画，画里的人是想出来的。

婆婆小脚，走路蹒跚，似慢节奏的手舞足蹈。穿得一身黑，满头银发，心境就像天涯海角到了头，而雪里红梅似的小女孩，大步流星。

凉　床

　　风雨之夜，昏灯之室，在床帐重重的床上拥被卧，温暖。
感觉如隔世，很令人怀念。

　　凉床，有白骨镶嵌，嵌的是人物。
　　栏板上的那一个小人挥着一把大刀，整个人物、衣饰和刀，只玉白一色嵌在枣红的木色里。再穷的人家也有床，我外婆家有两张床，还有一张放在白骨镶嵌凉床的对面，是京漆的大眠床，有床踏，有两道花栏的门楣，小屋子似的，比凉床破，也比凉床旧。
　　凉床上白骨镶嵌的人物，年月久了就无比熟悉。幽暗沉闷的房间里，窗外有阳光漏进来，趴在床上看玉白色的小人挥大刀，就遐想，仿佛真的存在过这样的人物，在你身边的另一个时空里，它们在做戏一样地做人。
　　戏里的人物，荒村叫"戏文名"，很容易被制成白骨镶嵌。能制成白骨镶嵌的还有梅兰竹菊，牡丹和凤凰。传说中的故事，民间好像偏好薛仁贵，还有杨家将，因为这样的故事热闹，有意外，跟民间近。

窗外是青竹,或是桃花,屋里是沉闷而无声的床。三月潮潮的气味很旧,一切都静默,只有阳光朗朗,满天地的光明里,此时竟无限寂寞。趴在床上,一个人半眠半醒,看那个玉白色的小人舞刀,看白骨镶嵌。

临街的墙是木板壁,板壁外是白石街,正午是无人的,有石桥架在街之尾,桥下就是浅浅的水。桥也是可亲的,但至亲还是床。

夜,守寡半辈子的外婆手端着菜油灯,从灶间小脚姗姗地跨过房门:睡去了,睡去了,做人最亲还是床。

表兄家的床更大,大得占了半间屋,白骨镶嵌和京漆都有。人物花卉嵌得满床,是做牛客的姨夫荒年时用一担番茄干从宁波换来的。床帐是自做的土布,整个像是戏台。夜里我和小表兄就睡这样的大床,半夜里被夜雨惊醒,点了油灯睡不着,听夜雨声"压屋连床"。

两人就在床上玩做戏,顶着棉被模仿床上嵌着的人物动作,手舞足蹈。又把床帐放下来,灯影幢幢,雨声就远在屋外肆虐。

风雨之夜,昏灯之室,在床帐重重的床上拥被卧,温暖。感觉如隔世,很令人怀念。

结　绳

　　新草绳放着没有用完，几年后会朽，这朽了的旧草绳会变成蛇游走。从前，我们都对此深信不疑。

　　秋天晚稻割后，每逢下雨天，我就坐在门前檐阶上用稻草搓绳，人坐在矮凳上，绳头用屁股坐牢，手掌里吐一些唾沫，就开始搓。绳在手掌里长出来，双掌的动作像树抽叶子，搓绳之掌连绵着，不紧不慢。绳一会儿就由腿下长到眼前，就把绳子往后缩一缩，屁股后面的地上，草绳就一圈一圈地绕堆。一天搓下来，草绳可以搓很长，譬如五十丈，那么就是双手"走"过的"路"。

　　草绳的用场很多。显见的是捆柴火，捆秸秆，捆稻草，还用绳来搭棚。冬瓜丝瓜都要搭棚。一年枯谢的作物，年末绳藤皆朽，就抱至灶下烧火。秧田插秧时也有用草绳作则的，田头敲两根木桩，草绳一拉，沿着绳插秧，就笔直。

　　年头往前一些，草绳还被用来盘饭窠。热饭放在饭桶里易冷，心思细腻的媳妇就会用草绳盘一个"窠"，类似于饭桶套。饭窠里放饭桶，担饭到田头，酒暖饭还热。草绳打草鞋耐穿，尤其雨天多的季节，不会烂得失形。如果再往前一些，草绳用来留火种。埋草绳在灰里，一头永远用暗火燃着，要取火时把燃着的绳头找出来，吹一下，就燃起一朵明火。

最离奇的是草绳焐粥，把草绳一圈圈缠在粥罐上，埋在灰火堆里，一夜后，绳变灰烬，粥则烂熟，有烟火香，尤其绿豆粥。所以平常都会有一捆捆的草绳搓好备着。

左撇子搓的草绳反手。反手的草绳不吉利，决不能上身。猫死后要高高吊在树上，吊猫的草绳就必须是反手草绳。据说反手草绳可以缚鬼。顺手草绳缚鬼，鬼能解纹理，而反手搓的绳，鬼则纳闷，越解越紧。

有故事做佐证。从前有樵夫夜里上山捆柴，半山腰遇到了一个女子，坐在路边哭，樵夫知道这是鬼，不动声色。那女子要樵夫背她走，樵夫也答应。背到身上后，樵夫就用反手草绳将女鬼络在背上，一直不回头，一直往前走，走了一夜，一直到天明。天明回到家，背上草绳络的鬼已现形成了一块朽烂的棺材板。樵夫放下来，用柴刀一劈，棺材板就流出血来。

新草绳放着没有用完，几年后会朽，这朽了的旧草绳会变成蛇游走。从前，我们都对此深信不疑。

七 夕

　　村妇不会在头发上插一朵槿树花,因为太寻常。我喜欢槿树是喜欢用它来做篱笆,有这样的想法注定一生不富贵。做人的懒和简单其实跟槿树的清平是一样的。

　　初秋的绿是乡间的槿树篱笆,最早的秋意是槿树花。田舍与村陌,有小孩晨起喜欢很新鲜地哭,就在晨炊的烟霭下,屋外的槿树边。屋外都是菜地,菜地种槿树为篱笆是乡村的习惯。小孩子秋天早上的哭没有任何意思,也谈不上伤感,与鸡啼狗吠没什么两样。坐在石头上哭一会儿,看看树木草色青青的,过一会儿就回家了。

　　木槿花开浅粉色,我们从来不把它当作花,槿树只是篱笆。尧舜的"舜"字就是木槿花,晨开而暮落,意为瞬间的短暂,但槿树花开花落很忙,旧的谢了新的开,层出不穷的样子。槿树花不繁,是零星的,冷淡的,没有香,也没有忧色,只是寻常,初秋的凉意里很单薄的一种意思。单调的炎夏过完,初秋的七夕虽不是节,但人们把它当节过。雨后风里忽见篱笆上绽出花来,开得这样明白,像是时令的提醒。江南的民间,以槿树开花为秋始。

女人们把七夕当节过，小孩是热心的看客，采大把的槿叶泡在水里，泡出的水浓稠，有树叶的清香。树的味道里，以槿树的味道最熟悉，其次是松树，因为每年的槿树味家家都会有，松花也是家家采。槿树汁洗头，小女孩、大姑娘以及嫂婶与婆婆，那一天就很多木槿味。我们把腻滑的水往邪里想，比作蛋清与口水，甚至曾偷偷喝过，清苦又有些涩。槿树水洗头能够乌发，我外婆用槿树的刨花泡水敷头发只是为了让头发顺滑妥贴，头发一直雪一样白，从来没有乌黑过。村妇不会在头发上插一朵槿树花，因为太寻常。我喜欢槿树是喜欢用它来做篱笆，有这样的想法注定一生不富贵。做人的懒和简单其实跟槿树的清平是一样的。

许愿、乞巧、听故事，令我对七夕满腹狐疑。牛郎与织女相会，一群喜鹊去搭桥，这只是个念头，后面含糊得黑压压一片。倘若不抬杠顺着故事想，走在喜鹊的背上也十分费劲，鹊如卵石一样铺地后它的翅膀如何飞？那架桥是喜鹊吵吵嚷嚷的一朵云吧，为什么不用船呢？牛郎挑着两只箩筐过鹊桥，箩里是牛郎和织女的一对儿女。为什么小孩不是织女带？我外婆这样安排故事，仅仅是牛郎星有担着箩筐的样子。七夕的一夜，牛郎都和织女在相会。我外婆说，牛郎一年的饭碗都积着没有洗，织女这一夜就在天河里给牛郎洗碗。这有不尽人意的地方，牛郎担着孩子去看织女，牛郎的碗为什么在织女那里？天上的事与人间是不一样的哩！我外婆说，不信你去茄子地里听，能听到织女叮叮咚咚的洗碗声。

没有月亮的茄子地是暗的，星河这一夜确实特别亮，蚯蚓在地里叫被人以为是虫子。虫子也在叫，都混杂在一起。蚯蚓被叫作曲蟮是因为它能长声地叫，其声如曲。茄子地里多蚯蚓。七夕的传说里令我神往的是茄子树，从前的茄子高大得像树，摘茄子需要用竹梯爬上去，摘下来的茄子要几个人抬，茄子的叶子像很大的伞。这样的茄子地离天河很近，所以能在茄子地里听到洗碗声。对这个说法深信的是女孩子们，她们在微茫的星光下蹚着露水蹲在茄子地里，一边许愿一边在茄地里寻找织女的洗碗声。

　　据说，如果听不到洗碗声，许的愿就无效。许愿被安排在茄子地里，也是因为这里离天河近。女孩子在茄地里许的愿是什么我们不知道，我是一次都没听到过织女的洗碗声，好在男孩不需要在七夕许愿。七夕只是女人的节，天河也只是洗碗的河。牛郎织女的相会最为动人的是喜鹊，那个念头含混而心善。

　　遗憾的是，因为七夕不是节，故不像清明、端午、中秋、重阳这些节里都有吃的。

阳 光

  午后小街没有行人，草、树叶皆无窸窣，猫狗鸡鹅都在打盹，满世界的嘈杂皆归清静，阳光就照得心满。不怕夜长梦多，是无忧，心安是神定。

  七八岁的时候，经常要在春冬晒太阳。坐在门槛上，纳着手，身子蜷伏，头垂在膝上，整个人都在阳光中，暖意里让自己失神。童年的每一天，只记得昨天，不知道明天，也没有心事，不会对未来做思量，心思是实的，只知道许多许多的事大约都要在长大以后做，而怎么长大，不会顺着念头想。

  坐在阳光里，阳光除了暖和，还有一种香，像是什么东西熟了时的那种香。阴霾的雨天之后，除了晒被子、衣物，荒村还晒小孩。大多数的小孩"晒"不住，我则喜欢。我喜欢阳光的那种香，喜欢被暖意包融，在金黄透彻的光里，有如鱼在水里的妥帖。

  阳光也是不一样的，最熟的阳光在秋天。谷子金黄饱满时，阳光也饱满，会有光太多而溢出来的感觉，橘色，沉甸甸的，透在心里暖洋洋。秋风一吹，满池子都波光粼粼，我就很喜欢，以为阳光会碎，一大片阳光碎在了水里。

晚秋时节看屋内漏光的光柱，静得时光无边，光柱里无数的飞尘在静落。后来对尘世的理解，都从这幽暗旧屋中这光柱中所见的尘落而来。

冬天的阳光老。枯禾，白地，干缩而满坡皆是的野山菊，这时的光色如澄清的酒。背风的墙角或竹园篱笆边，明白安详。看阳光下自己坐着的影子，时虚时实，如时光的一满一浅。普天下皆朗朗照着，温暖随之无所不在。

午后小街没有行人，草、树叶皆无窸窣，猫狗鸡鹅都在打盹，满世界的嘈杂皆归清静，阳光就照得心满。不怕夜长梦多，是无忧，心安是神定。

阳光最嫩是春天。鹅黄鸭绿嗷嗷待哺，草叶树芽都吐露，小溪边，野地里，草嫩水冷都清明，清明得好似一下子什么都明白，愣神想，又是什么也都没明白。

暮 色

　　小儿在暮色里啼哭，不是伤心。人容易在脆弱的时候伤情，就像纤薄的东西都容易颤动。我的小外婆会在这个时候坐在床上浩叹：唉……

　　记住的暮色都是雨后，墙是湿的，石头也湿。草在雨地里会显得零乱，久雨后的草，是疲惫的绿，令人想到冷清。暮色中的树一株一株各自站在人的视野里，缄默着。喜欢暮色里的那种伤感，很浓，好像不是为自己。远山近石，天际流云，甚至竹旁屋边泥泞中的乱脚印，都是那种失神的缄默。水塘也是缄默的，又好像缄默的是自己。

　　小儿在暮色里啼哭，不是伤心。人容易在脆弱的时候伤情，就像纤薄的东西都容易颤动。我的小外婆会在这个时候坐在床上浩叹：唉……

　　拐脚狗，断竹，叠在桌上的黑布衫，被柱子撑着的厚重屋宇，行人零星的脚印，都渐渐化入一种不明的颜色里。这颜色就是暮色，比水还浸漫，无处不在，眼中心里都有，闭了眼也有。我常在暮色里缩在门槛旁，靠在矮门上打盹。

矮门是荒村的一种门，就像大门的围栏。平时大门洞开着，为防鸡犬出入，白天就只关大门外层的矮门。矮门有大门一半高，有窗格，并不安锁，门闩在屋内一面，大人进门手从门外上方伸进来，倒拨一下即打开。小孩出入不易，够不着。如果家有兄弟，则一个蹲在另一个的背上，上面的兄弟拦腰伏在矮门上，倒挂着拨门闩，也可以出入。没有兄弟，进出就犯难。

脚踏在门的档子上，手扳矮门格子，荡开去，荡过来，是门的开与关。人"乘"着玩，户枢负重"吱呀"而叫，听起来重浊不堪，会惊心。"乘"过的东西里，门走的路最短，只一个半圆。门也不耐乘，常会变形而关不上。

我外婆有一个习惯，新的东西要放到旧了再用，好的东西要藏到坏了再吃。这原本是珍惜，结果是一辈子吃的用的都没有光鲜过。等到舍得时才吃才用，却烂了坏了，"好"就荡然无存。眼里欢喜过，心里踏实着，是比吃着用着还要心满意足的。不然就要肉疼，就比没吃没用还难受，有时候还会后悔得抹泪。我外婆心里弥漫的东西，也是暮色。

暮色老了时，就是夜。暮色到夜的路在原地，可以片刻等到，"乘门"一般。我现在读书翻书页，会无端想到小时候的"乘门"，书页轻如微风，拂而能过，感觉轻薄，没有门厚重。暮色烟消云散，夜是另一样物质。油灯一点，夜的一角就被挑开，灯色水汪汪，灯花可以在人的气息里飘忽，光影也恍惚。

午 后

　　石凳是从前某一个祖上在一个午后心血来潮有了念头安放的。一个念头安放了那么久,又没有另外的念头来挪它,石凳就生了根。

　　清晰的事情一般都发生在午后,阳光特别好,竹子在阳光里是满足的样子。石凳子与个头儿一般长,躺起来就特别妥帖,就把自己在石凳上仰面安顿好,搁着。可以想象石头托着人的样子,觉着石头吃力着。石头上还爬着木莲藤。石凳是从前某一个祖上在一个午后心血来潮有了念头安放的。一个念头安放了那么久,又没有另外的念头来挪它,石凳就生了根。

　　石凳的影子和竹子的影子不一样,石凳的影子重,能把竹子的影子压住,竹子的影子就不能逃脱,就这样竹子也不能动。无风,午后,躺石凳上,身边光阴冉冉。

　　还有一只石捣臼,盛着积水,积水里浮着枯竹叶,水润出青青的苔藓来,石臼就有些鲜活。积水明净而清,石臼就像一只很大的石头的眼睛,看着天空。很熟悉这一切,熟悉得以为石凳、石臼都活着，也理所当然。

　　午后蜘蛛开始织网。檐口忽然有一粒东西掉落，突然止住，悬在头上方，蜘蛛顺着掉下来的原路逃回去，跟下来时一样快。蛛网梦一样的，游丝，粘在竹竿上可以捕蝉。捕蝉没意思，捕来没有用，蝉很吵。隔壁的小女孩喜欢，她哥哥就用竹竿粘了蛛网捕，捕来的蝉捏在小女孩手里偏偏不叫，老公鸡眼尖，一口啄了去，抢似的。我没有妹妹，所以不用捕蝉。

　　蝉在柳树上叫，柳丝垂着，很绿。竹子也很绿，可是竹子一直是绿着的，而且竹子不是树。

　　从石凳上爬起来，想去屋后看看，屋后是菜园，菜老得开了花。木槿的篱笆边有小路，顺着篱笆边的小路走，走着走着没有了篱笆，小路还在，就觉得顺溜着应该走下去，走许久，会走出村子。

　　村子外面也是午后，阳光很足，像是什么东西熟透了的满，满得溢出，路边沟里的水在闪光。眨了一下眼，除了阳光，眼前不熟悉，是新的，害怕陌生，但欢喜新的。又顺着这条小路走，跟着小路拐弯，有一棵石榴树花开得很红，就在石榴树下坐了会儿，拣了两颗很圆的石子放在口袋里，自己说：石榴花是不香的。好像石榴树不香是人使劲的结果。

　　小路变成了大路，原来的小路即在身后丢了，而且突然不是午后了。山开始有了影子，风也从山的影子里出来，阳光也瘪了起来。吃惊地想了一下自己，叫了一下自己的名字，觉得自己把自己丢了。

　　坐在路边的石头上哭了一顿，以为这是很伤感的一件事。

春　雨

　　这样的雨夜，瓜豆蔓子在抽发，南瓜黄瓜葫芦的藤蔓一夜能长尺许，流水似的。带豆梅豆在豆棚上委婉卷曲，碧绿地缠绵，似乎能听到它们生长的声音。

　　雨随心所欲，时晴时作。村村都有一弯溪水流着，笋长竹，树抽叶，雨丝簌簌，乍暖还寒。

　　春天多雨，水满田野，到处都是咕咚咕咚流水的声音。满眼是水色，檐雨是清亮的水，山塘清澈而满池涟漪，溪沟田畴的水不住地溢出。绿意在雨水里渲染，遍及青山和田野。

　　早春有寒意，天色薄冥，山头上多雾，山岚洁白。雾霭在山峦之间浓重地化开来，山峰被湮没，水汽从山谷间流泻下来，村落溪树都没入雾中。马尾松的松针凝满了水，点点滴滴银亮的水珠挂满墨绿的针叶，山风轻摇，皆是雨意。

　　雾中的雨是薄雨，细密如牛毛，一会儿眉头发梢都是细水珠，捋一把，手掌湿如水洗。雨声喑哑，梧桐未抽叶，山桃含蕾，唯竹林细叶有沙沙声。经冬的枯草被湿透，叶折枝断的老草丛里，早春的嫩草泛绿，细碎如剪屑。田畈上起秧，寒雨里萌出米粒似的嫩黄，寸许即出水，细细密密。

雨雾日日连绵。夜来在灯下照新孵的蛋。孵蛋的窠是稻草做的，鸭娘鸡娘鹅娘坐在草窠中，寒雨的夜里蓬松着羽毛，慵懒痴迷的样子，有灯光靠近就不安，涨红着脸，发出担心的声音。

米酒也在这季节新酿，叫春酒。床后的缸里有叽叽吱吱酒发酵的声音，酒香在水汽里弥散，酒缸里发酵着的酒浆会随潮水月亮的时辰而涨落。

接着梨花桃花海棠花次第开，杜鹃花在山上红。花开时日大多数也是阴雨绵绵。惊蛰一过，笋闻雷动，长笋时节雨动檐水。树叶开始新抽，新芽吐叶的嫩色枝枝都是，老树也是一树粉色，山峦新绿隐约。雨地里花开锦绣，该红的红，该白的白，近看，开花的树株株都有晴天的亮色。

新雏出壳，啾啾叫着，一团团鹅黄鸭绿。鹅食素，鸭食荤，鸡食荤素杂食。新雏都吃饭，是蒸的米饭，叫饭哺，或叫饭麸？新雏只吃七八天的饭，算是乳食。据说出壳之雏把第一眼看见的活物认作娘，把第一口吃进的东西当作乳。这不知道是不是村妇的想象。

春分时节，常有大雨滂沱。到处是蛙鸣，尤其是入夜时分。雨前雨后蛙们的鸣叫声聚起来，有水的地方就有蛙鸣。无雨也有蛙鸣，喜欢聚在黄昏和清晨。及大雨骤至，蛙声被雨声淹没，到处都是雨在吵，水一幕一幕地在季节里落，

田野满眼紫云英。从前，年年种在田地里做绿肥的绿草红花，

是类似苜蓿的一种。苜蓿在春天的雨里连绵地开花,遍及田野。春天的热闹最闹就是蛙鸣、大雨、苜蓿花。苜蓿花花盖草叶,朝天开,花瓣簇生,花瓣根粉白渐浓至花瓣尖深红。苜蓿开花,田野的绿色被花色湮没,锦绣云霞。

苜蓿花海里捉泥鳅。夜里新雨之后,泥鳅都出洞,来"斗"新鲜的雨水。在田沟里逆水往上游,用小小的网兜,可以捞很多。静水沟里的泥鳅少,灯光照住就不动,但用手是捉不住的,用网兜也费力,网兜一入水,泥鳅惊起打一个滚,就躲了。竹竿端上缚一排缝衣的针,照泥鳅一扎,泥鳅就手到擒来。打着手电,手执排针竹竿,在雨夜的田畴上梭巡,突然闪电,显出人影,夜叉似的。

捉黄鳝则用笼,竹篾编的,形如无腰的葫芦。编笼收口时,竹篾往笼口里倒收,篾刺"倒生",黄鳝能进不能出。笼里放饵,入暮将笼按在水沟边的软泥里,半夜去收,黄鳝多时满笼鼓饱,紧紧地挤在一起。

鳅鳝都腻滑,不好捉,尤其是黄鳝,用指节去勒,需要手劲很大,勒在手里蠕动,会挣扎。春天的鳅鳝很肥美,但那时捉来是为了喂鸭。鳅鳝季节的鸭蛋,蛋黄血红,可无论是怎样的鸭蛋,都不及土烧的鳅鳝美味。乡村的光景是顺时应命,鸭吃鳅鳝,人再吃鸭蛋,就有了岁月悠悠然。

蛙鸣奇吵,人过去,声稍弱。夜漆黑,转悠着找笼子。大雨倾盆,人在雨里呼应都听不见,雨水顺着头发眉毛迷糊了眼睛,需要大口大口吸气。在腻滑的田埂上走路,雨大灯弱,人常跟跄,常一次一次地滑倒，满身满脸都是水。记忆中笼黄鳝的夜里常有大雨，人穿着蓑衣，感觉不如不穿，湿漉漉的蓑衣穿着会越穿越重，感觉极其含混，但仿佛能避风挡雨，有一些温暖。在春雨中湿透的身子回家时会被泡得发白，手心的皮会皱起，唇冻得紫黑。

这样的雨夜，瓜豆蔓子在抽发，南瓜黄瓜葫芦的藤蔓一夜能长尺许，流水似的。带豆梅豆在豆棚上委婉卷曲，碧绿地缠绵，似乎能听到它们生长的声音。

雨随心所欲，时晴时作。村村都有一弯溪水流着，笋长竹，树抽叶，雨丝簌簌，乍暖还寒。

旧时雪

雪去时，家又有阳光满园。取石缸酿酒，缸弄里卧着鸡鹅，用翅膀藏着头取暖。这漫天的大雪好热闹，人和天地都是尽兴的。

夜来风息，云层还是厚厚的。雪前的云会变色，黄昏时是橘色。无风的冬夜很静寂，称为"捂雪"。睡在被窝里，睁着眼听，雪子打在屋瓦上，毕剥作响。响声密集时，小雪子弹跳着会从瓦片缝中钻进来，桌子、地上都是，弹到人脸上，冰凉地化作一点水，我都舍不得擦去。

下雪了，下雪是童年所盼望的。雪子在瓦片上安静后，知道大雪在满天飞舞了。这样的安静心茫茫，我会在无声中等，边等边睡去。

旧时多雪，一年总要下个六七场，江南海岛的雪是暖雪，若不是夜里先下雪子，就积不起满世界的银白。荒村的冬天草常青，白雪如被，盖了青草与麦苗，草尖露在雪地里，说不出的清白。雪被盖了菜园，菜的形状隐约可见，臃肿又洁白。雪天里，满世界成了纯色，家园只剩下旧轮廓，眼前是个一尘不染的新世界。这就很难忘，这样的早晨都记得，可记忆中的情景只一个，因为有雪的早晨都一样。脚印在雪地很分明，呵气成雾，连自己的呼吸也可见，手冻得如紫姜的芽，挖粉团似的新雪。

年关客人往来，平常的酒菜是黄豆芽炒芹菜。雪地里割芹菜，在溪水里洗，四野苍苍的静寂里，只有小溪流水仍然泠泠地响。院墙角的石头上积了一块干净的雪，吃雪就袖了双手用舌头去舔。记忆中这应当是甜的，檐头的冰凌也如糖，甜得如美梦初醒般。

争着很早就起床，是为了在雪地上最先留下脚印，脚印一行，回过头去看，孤零如天上的雁行。天上确有雁行，落脚时雪泥留鸿爪，只可惜从未曾见过，只看见自己的脚印在雪地里留过。踏雪时瑟瑟的声音很明白，过去现在都是听得清楚的。我是爱雪的，其实风花雪月我都爱，最喜爱的是飘雪，飘雪中，风花雪月的意思全都有。鹅毛大雪中大步走，如月夜远行归，又像沧海踏波行，有缥缈无碍的自在。

好看的是桑树，忽然满枝皆花，是雪开满了落叶的树。

雪去时，家又有阳光满园。取石缸酿酒，缸弄里卧着鸡鹅，用翅膀藏着头取暖。这漫天的大雪好热闹，人和天地都是尽兴的。

星可数

儿歌是没有意思的，倘若有，那就是讖。这个儿歌至少传唱了一千年，但没有意思。我听过最智慧的话是问：意思是什么意思？其次就是"一粒星,格伦敦"。荒村不想意思，我们跟着也不想。

我从幼至老一直仰面睡，仿佛这样才是安逸。

那么手应该放在何处？十岁以前是放在头顶的，十岁以后乱放，如今放在腹上，若置床板与地呈直角就是谨慎有礼地站着的样子。旁观过女人叠衣服，喜欢把袖子折在衣胸前，虽然方正，好像感觉上不妥帖，至于睡衣之类的挂起来，就更感觉不舒服了。

睡在院子乘凉，夏夜静深时，院子里有露水，头发眉毛都会湿，醒着的人会抱了枕头逃进屋去。梦里的人则草木一般，不知道。星空下的空地夜睡，记忆里并没有蚊子。萤火虫倒是有，萤火虫走夜路，自己带灯。但仔细看，带的并不是灯，虫火一闪一灭的，是在屁股上，而所谓灯，应该在眼前才对。

它就在那儿飞，一闪一灭地孤单。也有几个同时来的，也很快会被我们扑来。点滴弱如萤火者，也会对满天星斗有联想，所以常有人为誓言：恨不得为你把星摘来。星是摘不到的，人有眼渴和心渴，天破屋漏般的星芒，照不清十指与手掌。

"一粒星，格伦敦；二粒星，挂油瓶；油瓶漏，炒酥豆；酥豆酥……"嘴空着，朗朗地白嚼。

儿歌是没有意思的，倘若有，那就是谶。这个儿歌至少传唱了一千年，但没有意思。我听过最智慧的话是问：意思是什么意思？其次就是"一粒星，格伦敦"。荒村不想意思，我们跟着也不想。

夜的冗长充满每一个角落，睡意就体贴知人，恰到好处地唤你，梦就如顺藤摸瓜。

这空旷，被黝黝的山冈撑着，白月亮照着松风，星可以被你数落。

雾霭

  我经常会在浓雾中听到耳语般隐约的哭泣声，是小孩被大人打骂的声音。那声音来自非常远的地方，声音细得丝一样，就好像蚂蚁蜜蜂在自己家里说话被你听到那样的细微和清晰。这声音花粉也听得到，大平听不到。

  山后面的事，白天以外的事，脑子里没想过的事，在我们这里都是一样的，没有区别。有时会以为这是相同的东西，大雾天的雾，就是让你不明白的东西。
  有时会把雾露雨雪风当作猫狗鸡鸭那样的活物想，雾来了可以逃可以躲。
  雾霭、屋子、溪竹，早晨在一片蒙蒙的清辉里。隔着四十多年看过去，依然是月下的感觉。我以为时光的颜色就是灰色的。冬天的荒村这时候就变得异常的白，一里长的石街石墙都是石头的那种冷，阳光是斜照的，西墙的影子投在东墙上，街上有风，人裹着风在街上走，街边的屋子住着街坊。我们所有的日子都在这条街上安顿。街以外的世界，那个时候我一直琢磨不出来，外面的世界一定有，但这是想出来的有，是空白。

　　雾从山上来，越来越浓，眼前都是细小的浮着的水汽，白花花的样子。浓得人看不见人，浓雾中说话的声音像耳语，很远的地方人的咳嗽声也很清楚，不说话的时候很安静。浓雾是黏稠的，用手就可感觉到，夜不是黏稠的，只是伸手不见五指。夜是压在身上的，雾则浮着。

　　我经常会在浓雾中听到耳语般隐约的哭泣声，是小孩被大人打骂的声音。那声音来自非常远的地方，声音细得丝一样，就好像蚂蚁蜜蜂在自己家里说话被你听到那样的细微和清晰。这声音花粉也听得到，大平听不到。

　　浓雾中人挤到一起，像是躲在弥天大帐中，又像是茧里的蚕。地上的草是湿的，花粉的头发眉毛上都缀满了白花似的露。细微的声音又传来，一个小孩在哭喊。声音在雾里变成了一个恍惚的轮廓，就像一滴水滴在池塘里那样。我们在雾里不吃东西，要等非常分明地看得清楚，我们认为只有这样，东西的滋味才会齐全。

　　荒村的雾一般总是从山上流下来，跟流水没什么两样，不过是比溪水缓而且磅礴。我们在和尚山下的旷地里等雾从山上下来，不一会儿就真的下来了，等整个山都成了雾。雾到了山脚，树被隐去，房子被隐去，田埂上吃草的牛也被隐去，一群鹅伸长脖子叫着，片刻，鹅与雾化在了一起，雾与鹅一样白，但叫声还在。接着水汽扑面而来，有风一样的气息。

炎 夏

　　鲜活的露稷和六谷的秆有滋味，从咸涩到甜都有，有的非常甜，犹如甘蔗。这需要挑，挑的办法就是秆上咬一咬，咬着了甜时，就坐在那里吃"甘蔗"。被咬过的露稷和六谷大风时会折断，好在炎夏大风少。

　　夏天基本就是赤膊，裤衩是一块简单的布，一根橡皮筋箍着。记得穿久了橡皮筋会松，太宽松的时候要滑下去，就经常须把裤衩提一提。裤衩是紫绛红的。脚上也不用穿鞋，头上顶着乱发，头发成了全身最厚重的穿戴。小孩子经常会无端狂奔，狂奔并不避烈日，只是要把宽松的裤腰绾一个结，裤衩就被牵扯变形，看上去样子十分胡乱。

　　荒村土地不多，作物却种得很杂，高粱粟米都种。荒村种高粱粟米都是一小块，是到年底做年糕搭花色的。高粱在荒村叫露稷，粟仍旧叫粟，露稷、粟做年糕切成手掌大小的菱形，与白米年糕一起做，年糕就有红有黄有白。年糕用大缸浸在清水里，可以保存到夏秋。我经常偷缸里的年糕到灶间灰缸里去"焐"熟，埋在灰火里焙。

　　灰缸里常年不息的暗火，是用柴末子养着的。年糕埋下去半个时辰，就可以焦熟。外焦内软，香喷喷。露稷饼最黏糯，口感却非常粗涩。一年里沉在缸底剩下的总是露稷饼。五月罗汉豆新熟，用嫩豆粘在露稷饼上烙，算是最好的吃法。可好吃的是豆子，露稷饼依旧不好吃。不好吃的露稷为什么每年仍然种，这是说不明白的。

　　七八岁的小孩最喜欢露稷和六谷地，六谷是玉米。炎夏，露稷、六谷都比人高了，钻在地里，可以捉迷藏，可以疯玩。平常的疯玩，会显在大人眼皮底下，而露稷、六谷地里的疯玩大人就看不见。人隐在青青绿绿里，就会有别样的瘾心生出，特别兴奋。

　　鲜活的露稷和六谷的秆有滋味，从咸涩到甜都有，有的非常甜，犹如甘蔗。这需要挑，挑的办法就是秆上咬一咬，咬着了甜时，就坐在那里吃"甘蔗"。被咬过的露稷和六谷大风时会折断，好在炎夏大风少。野小孩就一块地一块地地寻，神出鬼没。吃过的地里，如同野猪袭后，一片狼藉。胆小的孩子一般都不敢，敢于呼啸绿林的都是皮得不能再皮的。这是恶事，捉住会挨打，打起来不会留情。

　　山上有天门冬，是一味中药。天门冬的藤细软，叶子翠绿，缠绕几下就是草帽。这草帽戴头上，有青草气息，炎夏就是这样的气息。我喜欢戴这样的草帽，觉得隐匿很深，就好像自己有了别人都看不见的本领。

　　炎夏一派繁华，什么都茂盛，阳光、晨露、树荫、星都特别盛，山野之绿则铺天盖地。夜色上来时，虫鸣从溪沟、草丛以及野地里远远近近地响起,声喑哑,但密密如织。这样的"说话"声你细听,真的会觉得世界很无限,生命层层叠叠,很多都在你眼界之外,作一种隐匿,离你很遥远,但又与你同世同在。

星月满天时,夜凉,如身在一棵遮天大树的浓荫下。

骄 阳

　　活竹的竹管里，竹子在晚上藏水，这水叫竹沥。清晨的竹子翠生生，竹园深深若碧潭，初阳照透，梢间的光影如金丝挂绿罗，又水雾白如纱，朦胧依稀，此刻新竹抽新叶。竹沥只有夜里有,清水汤在竹节间。竹子的凉爽见风不见水，水在暗处。

　　先熟的是枇杷，熟透的枇杷长在高枝，金黄色，不许摘。枇杷越长越黄，直到果皮裂。熟透的枇杷撕去软夷的果皮，果肉在手掌里就已甜着了。枇杷核成双，三个的也有，比果肉滑，在嘴里留一留，齿舌间滑转。吐出舍不得扔，埋在土里种着，来年还是有春天的，春天就从这颗枇杷核发芽开始。

　　初夏的太阳底下，果子就这般熟了。五月桃果累累，向阳的一面先熟。桃子的红，红得如红粉染过。桃子的红熟从果子最嫩处开始，微有桃花色一点，然后化开来，最先红的部位越红越浓，浓成紫绛，紫红透进果肉里，果才熟。五月桃果肉色青里泛白的仍然酸，只有红透的才甜。

桃虫从桃子的表皮挖洞进去，住在果核里，从里往外吃桃子。桃叶浓绿地为桃子盖头，桃子又为桃虫做屋，烈日下桃虫躲在这样如意的地方，是甜蜜又无忧的清凉世界。

一本很老的县志说：活竹的竹管里，竹子在晚上藏水，这水叫竹沥。清晨的竹子翠生生，竹园深深若碧潭，初阳照透，梢间的光影如金丝挂绿罗，又水雾白如纱，朦胧依稀，此刻新竹抽新叶。竹沥只有夜里有，清水汩在竹节间。竹子的凉爽见风不见水，水在暗处。

杨梅果子刚起水色，从僵涩的豌豆粒长到了扣子般大小，还没有一点一丝的红，色如青叶，酸极。偷这样的杨梅不是为了吃，是因为等不及。杨梅山围着密竹笆和枸橼刺。管山的老头只允许我们偷几粒，解解眼馋。偷多是糟蹋。

青酸的小杨梅像极女人乳头，那时我们不知道。捏在手里两三颗，为汗所湿。杨梅熟透要到夏至，衣襟上会沾满紫墨水样的果汁，洗不去，等到处暑后，脏色会随着杨梅落市而自己退去。

长瓜挂着，南瓜坐着，青瓜不挂不坐有些傻。人越晒越黑，瓜们越晒越青，如果有一天变了色，就是瓜熟。

五 月

百花开尽了,春色归绿。万物日长夜大,梅子、桃子、李子都密密地挂在枝上浓叶间,风一阵,滴滴答答撒落一地涩果,树枝欣欣地摇,轻松了一些。湿是沉的。

新雨后的溪水白浊,溪底的卵石跌跌绊绊,溪水抚过去,跌跌绊绊得有声有色。流水声不住,响彻整夜,行人无踪时,灯窗寂静时,溪声依然,朗朗如童子夜读。拂晓,水雾白茫茫,石头上也有露,枝叶藤蔓细细地淌着水,叶脉碧绿,水珠都沁出来,点点滴滴,嫩得如低泣。

百花开尽了,春色归绿。万物日长夜大,梅子、桃子、李子都密密地挂在枝上浓叶间,风一阵,滴滴答答撒落一地涩果,树枝欣欣地摇,轻松了一些。湿是沉的。天气日日阴霾,间或有阳光,金灿灿,葵花立在溪边,东望西张,寻不到太阳。虽然初开,花已是同阳光一样灿烂了。竹梢的豆棚,已爬了满架的绿,须蔓缠竹竿,豆花紫色,花未褪,豆已牛。

雨丝须蔓般缠身,人影行走在阡陌间。田如方塘,水也是满的,雨小息，天光云影都浮在田水中。沟渠水咕咚，蛙鸣从田野里潮起。草疯长，一层一层莫名地堆砌。季节在水里洗，没有一粒尘埃。石板街从这头到那头一路干净。桥就在雨里，石桥栏的旧苔痕长出新绿，水墨似的痕。青瓦旁修竹，新笋遍地，乌黑着从土里勃起。雨意朦胧着，有黄绸伞走过很醒目，人也婀娜着，皮肤白皙。

青蛙有古怪思路，"扑通"，跳水如扔石头，眼睛浮在水面，只看天，天是青梅般涩的雨。小院子泥地上，土也长绿菌。檐口的大缸水在溢，天水从瓦檐涌入，水花雪白成团，人无聊得哈欠着拧身子，腰间的布衣是湿的。

青梅是梅叶一样的颜色，圆圆的可联想作嫩绿的酒窝，看一眼，满嘴都是酸水。这样的果子孩童不喜，喜欢吃的只有隔壁二叔家的新娘子。青梅子累累，种的原本是花，可是花都要结果。大舅喝酒，也不用青梅煮。梅雨就是青梅的雨，满世界的绿，好像都是青梅滋味。

山上有栀子，五月山上的白花只有栀子，山雨就是香的。山岚凝在冈上，缥缈作山的流连，从草木之间淌泻下来，是云走进了村子，十步之外不见人面。而栀子，绿叶白花，单瓣的，在浓雾中香彻，透到你的眼目。家养的栀子重瓣，荒村叫作玉荷，香在卧房的瓶里，也有海碗盛的，浓香是艳而又甜，花瓣素如月色，白如皓月。外婆跐着小脚上山，喜欢单瓣的山栀子。

栀子花的果是黄子，明黄如阳光，染水水明黄，染布布明黄。这明黄是寺庙的颜色。黄子染的布做明黄的香袋，背着走进庙里去，想让菩萨见了亲切。

　　五月里夜卧如卧青茵，易醒。油灯黄了床壁，如水花，夜雨在摇，睡眼看灯花。

　　五月，荒村就与夜雨相连。村口有桐花，喜鹊树上叫。

鬼是据说

在你的一生里,鬼你一定是见过的,没见过的,不过是不作任何扮演的本来的鬼。使鬼现形的法子,自古相传的是撒豆、撒米、撒盐。米在空中撒,据说鬼那里就如石头,撒中就半死,会撑不住扮相。

如果存在鬼,一定是人变成了另一种东西。据说鬼是丑陋的,与黑和暗,还和恐惧相关联。鬼是阴森的,平时说的也不是人话,鬼扮成人时才说人话。小孩模仿鬼说人话,声音是幽幽冷冷的,喉咙要尖细,或者发音要变调,与正常声音要不一样,否则不像鬼。最像鬼说话是缺齿而耳背的老太婆失声时的说话声,嘶哑的那种。据说鬼在平时,只是鹅鸭一样地叫。

大多数时候,鬼都会扮成人现身,也说人话,所以你看不出来,以为是人。很少有人能看到鬼,有人一辈子没见过鬼,其实这不可能,看是看见过的,只是把它当作了人或是其他东西。鬼还要扮成你常见而熟悉的动物,比如鸡。鸡有鬼态,我从小就这么认为。你若仔细观察,会发现鸡经常盯着人看,面无表情,眼睛后面一直在琢磨人的神态。

也有变成物件的，比如一块石头、一潭积水、一截断墙，甚至一只扔掉的鞋子。从前在月夜走路时，看到路中间有一只半旧的绣花鞋，我就心里明白，小心地绕着走，唯恐冒犯。鬼就以这样的方法与你捉迷藏。在你的一生里，鬼你一定是见过的，没见过的，不过是不作任何扮演的本来的鬼。

使鬼现形的法子，自古相传的是撒豆、撒米、撒盐。米在空中撒，据说鬼那里就如石头，撒中就半死，会撑不住扮相。古画中的鬼，身子黑而小，头是尖的，有狰狞的面目，有獠牙，看上去是一种兽类。

又有大鬼和小鬼，但小鬼不是大鬼所生，前身都是人。鬼成鬼形时不愿意说人话，只是叫。

我听到过各式鬼叫，都是飞禽一样的叫声。"哇——嘎——"初听像鸭子，但山顶上没鸭子，人就起鸡皮疙瘩。鹅鸭在夜里都是不叫的，暗得不能再暗的暗夜，忽然鹅叫，立即把灯吹灭，睡觉。

最经常的鬼叫是在下半夜，"薛刘……薛刘……薛刘……呵哈……"呵哈是叹息声，就这样一遍一遍地在你床前的窗下叹息，时远时近，可以想象其走来走去的样子。有人说这是鸟叫，有这样子的鸟叫吗？经常听到这种叫声，但一次也没有见过这样叫着的鸟。所以我以为这是鬼叫，而且还不是一般的鬼。

大平告诉我说，最像鬼叫的声音是"虾吃雪"。虾吃雪是只可想象的情景，白雪在空中飘，朵朵落在水面，虾们以为是米面之类的吃食，在水面抢。这可能吗？就算可能，谁见过？大平说：没见过可以听过呀。那这虾吃雪是什么样声音来着？大平告诉我：这样。大平就用食指和拇指在溪水里弹："噗，噗，噗，噗……"

灯笼鬼火

　　日常用的灯笼不会选其他颜色，白色最好。倘是月黑风高的夜里，海上有一只船远远地孤独地驶来，船桅上挂一只红灯笼，夜海里一袭红光，这就十分诡异。

　　从前的灯笼白色的多，是纸灯笼。船桅上挂的灯笼也是白色的。专有一家出了名的灯笼叫长白灯笼。长白是地名，是一个小岛，那个岛上灯笼做得最好。后来有一个人，长得长长白白的，脸如"目"字。绰号就叫"长白灯笼"，非常贴切。白纸糊的灯笼，就像"目"字。日常用的灯笼不会选其他颜色，白色最好。倘是月黑风高的夜里，海上有一只船远远地孤独地驶来，船桅上挂一只红灯笼，夜海里一袭红光，这就十分诡异。

　　山不高，就常有明月低低地悬在山梁上。老村子三四十户人家，只有三户人家是瓦屋，其余都是茅舍。茅舍住人冬暖夏凉，只是怕失火，烧起来明晃晃的，又不耐烧，片刻就化为灰烬。盖起来也简单，砍一些竹子、松木，后山割一些芦柴来，一盖又是新屋。三间瓦屋在村子里很醒目，又分布在长长的村子中不同的地段，被叫作外瓦屋、中瓦屋、里瓦屋。

中瓦屋在村子的中间,在一棵百年古樟树下。中瓦屋里生了四个儿子,大媳妇长得俊俏,可是个傻子,从茅厕里出来经常穿不上裤子,需要在日头底下很明亮地寻思着,才能把自己的裤子穿上。这就经常被人看见纸灯笼一样白的屁股。她男人是个痨咳病人,看见就拿一把小扫帚来打,女人就提着裤腰跑,男人没追几步就气喘吁吁,坐在石头上使劲用手指着女人,想骂,但骂出来的都是咳嗽。

村人说,痨病的人好色,但不知傻女人知不知自家男人好色。就有人说:怎么会不知道?这事么,连牛也知道羊也知道。又有人说:傻子也好色,不然不会长得这么俊俏,你看眼睛水汪汪的。

家家点的是油灯,也没有几个人识字,所以夜来很少点灯,小孩尿床才要点灯。入夜天发暗,就聚到老樟树下讲白话,讲着讲着会讲俊俏的傻媳妇,讲傻媳妇就难免讲屁股,女人们暧昧地表达自己的屁股也不至于白,男人们则自谦自己老婆那屁股比你家老婆那是"打草了"。"打草了"是土话,是比都甭想比的意思。

于是就哄笑。

屋里就传来一阵阵剧咳。

山梁就在村前横着,近得听得见松风"霍霍"。

夏日的山梁常有鬼火。鬼火也叫磷火,村人都叫鬼灯笼。鬼火在黑黝黝的短松冈上很醒目,飘飘摇摇的,很像一个看不见的人夜行时提着的灯笼。鬼灯笼初夏最多,几乎每晚都有,少时一两个,多时五六个。在老樟村下的人们看见,注意力一下子被山上淡淡的光亮吸引，人们照常吃惊，接着有人呐喊，有人窃窃私语。

鬼灯笼在山上飘忽，也说不上具体是什么颜色，像是发亮的一团雾气，如风随影般移来移去，看上去很朦胧。无风无月的夜里山冈上，这魂魄似的东西历历在目，人人都是胆战心惊的。这从哪里来？内行的人说是从海上爬上来的。灯笼只是自己爬上来？应该还有拿灯笼的"人"？

胆大的后生就去追，希望捉一个来炫胆魄。人去追时，鬼灯笼就逃，人追得大汗淋漓，总是够不着。够不着就心虚，忽然被一根枯松木绊住，惊魂之下以为被鬼抱住，就厉叫，其他的同伴就没命地逃。灯笼也并不追来，仍自管自游来滚去。被绊住的后生下山来，众人围上去询问，后生说：那物冷幽幽的。"冷幽幽"在荒村是喻粥的温度的，是吃的感受。众人听了都吸冷气：呵……

鬼灯笼大多是白的，偶尔也有微黄的。远看颇柔美。姑娘家就说：为什么没有粉红的鬼灯笼啊？后生就说：你要给你糊一个？姑娘就白眼。

傻子媳妇住的这间房子吊死过人，一个年轻女子。是很早以前，据说几十年了，但邻居说常看见那女子现身，现的身还是死时年轻模样：花夹袄，水蛇腰，乌黑的发辫长到脚跟。那女子现身时看不见脚，走路是慢慢飘着，飘过来飘过去，倏地入墙，看到的一般都是背影。

又说这屋里，以前曾有小孩子晚上起床夜尿，唤大人点灯，半梦半醒含混地喊。大人也半梦半醒"嗒"地划亮火柴，点着桌边的油灯，便又自管自睡去。小孩双脚垂床沿，低头去找鞋，油灯水汪汪的光晕下，看见……鞋子中间有东西在动，盯住细看认不得，打量之间那东西缓缓地升上来，高已及床沿，油亮的头发，中间扎着一朵红绒绳，是一个女人的头顶。

女人的头顶从地里笋似的长出来，就在那间屋里。

据说，鬼灯笼是人死后呵出的最后一口气。

活灵西出

小孩子做事丢三落四时，大人就骂"活灵西出"，并一个巴掌打来，将"西出"的活灵打回，所以大人打小孩经常说，打你是为你好。

活灵就是灵魂，记得小时候经常丢活灵，活灵一丢就要生病。还有一种是"活灵西出"，"西出"是土话，大概的意思就是游离，即出神。小孩子做事丢三落四时，大人就骂"活灵西出"，并一个巴掌打来，将"西出"的活灵打回，所以大人打小孩经常说，打你是为你好。

而活灵丢了后，打也无济于事，只能去找回来。荒村初入夜，每晚有家人提着四面灯替孩子找活灵的。四面灯是油灯固在四面方方的玻璃匣子里，因为四面是玻璃，风雨不灭。可以提，也可以安在特制的帽子上。岛人赶夜海时，在滩涂劳作，空不出手来提灯，就将灯顶在帽子上，人就像一个游移的小小的灯塔。

提灯的人边寻边喊：××哟，快回来，天晏了，快快回家来！后面一个人手挎一只竹篮，篮里一只盛了水的碗，水碗蒙着毛边纸，应：哎，我这就回来。边说边用手把碗里的水洒在毛边纸上。一路下来，纸上的积水会渗下去，亮亮的一点水珠很清楚地落到碗里，仿佛活灵的样子。田地边，桥头，小孩到过的地方都寻遍。水珠子一颗一颗有了一小碗，寻活灵的人就东南西北四拜，念念有词地感谢，把小孩扶起来，把寻回来的那一小碗"活灵"喝下去。

活灵是水珠子的样子，不知是谁的想象。雨后的荷叶上缀满了银亮的水珠，又是谁的活灵呢？

有一次我病了半个月，活灵一直没有喊回来，人躺在床上比棉絮轻，整个感觉是一根线，绕成一团一团的恶心。

我外婆觉得不对，整夜巴巴地念经，念了经求菩萨、神，后来连鬼、夜叉、六日头（新生夭亡儿）、树魂草魄一一求遍，还是不见效。那天夜里我外婆火了，抽出一把我外公留下的东洋人的西瓜刀，搁在我脑门上，厉声说：孽畜（孽畜是乡下对鬼的蔑称）！如果你今夜再不离开，我老婆子和你拼了。我外婆的意思，是我被那"孽畜"附身了，但刀搁在我脑门上，怕的是我。为了不被劈死，我只好说：我走，我走。我演了一次"孽畜"，是想让我外婆胜利，刀就可以从脑门上移开了。

我外婆其实也是第一次那么清楚地与鬼怪对垒，又亲耳听到了"孽畜"说的话，而且是妥协。从此这件事她逢人便说，作为她世界观正确的佐证。她摇着头叹息：天啊！阿弥陀佛……

绝壁坎

那时村子里还有一桌打麻将的老人不肯走；后来死一个，就三缺一，改玩牌九，又死一个，改下象棋，死到剩下"赖皮洪"，不玩了。

绝壁坎如今还住有一个人，姓洪，是"赖皮洪"。从我记事起他就叫"赖皮洪"。赖皮洪现在在绝壁坎就像一个土著，养的羊都放在山上，买羊的上门来，要自己去捉。几年前我去过一次，居民相继迁出了以后，进出的路都被荒草淹没。那时村子里还有一桌打麻将的老人不肯走；后来死一个，就三缺一，改玩牌九，又死一个，改下象棋；死到剩下"赖皮洪"，不玩了。

从前这儿有一百多户居民，海湾的口子是朝北的，山上都是旱地，鱼是有的，米则全无。绝壁坎在群岛很有名，是因为"马目绝壁坎，一年没有三餐饭看见"。饭是米饭，绝壁坎人的主食是旱地里长出来的番茄。

呑口像一个坐躺着的人，海湾两边的山岬就像两条伸直的腿。海水一直到两"腿"的根部，一大片乌黑的卵石滩。在潮水涨落间水和石头哗啦啦响,这是有一个词的,叫"响水沙滩"。卵石滩的上面,突然壁立起一条黄泥坎,高有几丈,坎上一块平地,这平地约半里见方,是村里最平坦的"腹地"。坎之上的平地,状如微型"坝子",平地上不种庄稼,都是草,也没有房子,又如微型草原。

这条天然的黄泥坎,就是绝壁坎。那块草地是集会和放露天电影的地方。在草窠里看露天电影,字还不认识,声音又常被潮音淹没,所以只图个热闹。银幕后面人少,草又繁茂软实。从银幕的反面看,电影里的人不是背影,也都是正面的。

草地与山的交界处是一条路,路边是一片麦地,麦地之上就是山。山上也听得到潮音,从海边捡几块小卵石,过草甸,过麦地,到山上寻一个麻雀的窝,把雀卵换成石卵,只要半顿饭工夫。这样的事,我们都是真实地干过的。

五月里莺飞草长,用山上天门冬的藤做成草帽,钻草窠,钻麦地,打仗。枪是竹枪,根据气枪原理做成,子弹是沙朴树的果,射着人手脸很疼。暗器是麦穗。大麦穗偷偷放进伙伴的裤管袖管里,因为有麦芒倒刺,人一走,麦穗就从衣管往里钻。

那棵沙朴,算是村里唯一的老树。海岛的树一般都长不成古树,只有普陀山是例外,还有洛迦山。老沙朴长在溪与路的交会处。溪与路交会,就有桥,桥是简陋的石桥。其实老沙朴的枝叶早就伸向溪岸对面,从粗粗的树枝间就可过溪,顽童就宁愿从树上过溪,也不走桥,猴子似的。沙朴的果子黄豆般大,圆的,墨绿,与沙朴的叶一色。成熟了就成蛋黄色,沙而甜,可吃,是柿子味道。沙朴白天多蚂蚁，蚂蚁顺着树干往上爬，我们是神往的，这样垂直地往上爬，又如履平地，人就不能。晚上沙朴树住满了鸟，大多是麻雀。如果沙朴是蚂蚁和树的村庄，这个村庄就比荒村要美丽，人间没有这样的村庄。

记得四十年前赖皮洪充勇，去捉"鬼灯笼"，进了乱坟岗，磷火在他面前飘，他怕了，转身跑时被枯松树桩绊住，他就以为被鬼抱住了身，四脚乱舞喊救命，都不知挪一下身子让过。树桩抵着他胸口有些时候，回来后茶饭不思，疑心自己的心被"鬼"敲掉。他逢人就叫摸一摸，问：有跳否？一般人都说摸不着，他吓着了。我们五个小孩帮他摸，从头一直摸到胸口，都说没有跳，后来摸到他的裤裆里，我们大叫：跳了！跳了！赖皮洪脸绿：完了，心都掉到裤裆里了。

灰鳖洋

　　海上的岛远看都是黛色，近看都有草木。草多是碗葱、石蒜和野水仙，树则是灌木，稍微大一点的岛屿才会有海岛松。

　　窗是对着海的，那一片海叫灰鳖洋，是中街山列岛的西端。西望钱江湾，北望是大小鱼山，南望是五峙。五峙是五个大小不一的无人岛，每年的五月有数万只候鸟过往在此歇脚，很晴好的天气，都能看到岛上草木的青绿。

　　海上的岛远看都是黛色，近看都有草木。草多是碗葱、石蒜和野水仙，树则是灌木，稍微大一点的岛屿才会有海岛松。五峙山五岛不相连，虽不大，但山头都立有郁郁的黑松。树是稀疏的，你都能数得过来。黑松喜欢长在山脊上，远看像一群或站或蹲或张臂的人影。

　　坐在窗台上，屋边有一棵苦楝树，盛夏树荫疏疏朗朗，懒蝉高一声低一声地鸣叫。我从前一直以为蝉鸣是蝉在讨水喝，是渴了才鸣叫。海岛总是凉爽的，窗台上凉风不断，苦楝树的叶子总是摇着，树影也摇曳。潮音很像海呼吸的声音，亘古就有，晚上就像在枕边，白天若有若无，有时是风带来的。

窗台上望五峙，在我是为了打发时光。一片海看过去，海水的颜色是分层的，一条黄，一条青，一条云翳。云翳是黑的，云翳之外是闪光的银白。看船在海上走，移动得很慢，近的如葫芦大小，远的如豆壳大小，天地时光都很缓慢。

雾来雨也来，薄雨中的五峙会现"鲎"，鲎是海里的活物，铜瓢大小。如今很少有人见过铜瓢了，是小脸盆般大小的铜做的瓢，是一个浅浅半圆。鲎来滩涂时，爬得比乌龟慢，而且是雌雄一对，血是蓝的。就像两只铜瓢扣在地上，抓这东西我们叫"拾"，看见了就拾来。这东西如今还有，据说是远古的物种，是"活化石"，但滋味如蟹。因为长得古怪，渔人就以为这东西有法力，能使海上的山头变形。海上是有海市蜃楼的，但现"鲎"不是海市蜃楼。现"鲎"时，五峙山会连成一团，一会儿是老鼠状，一会儿是馒头状，一会儿又是草帽状。一会儿又很近，能看到岛上飞的鸟和山石上的野花，还有成片生长的碗葱。

碗葱是野葱，比葱更香。碗葱蒸家常的咸带鱼，是如今难求的美味。三十年后，我第一次登上鸟岛五峙，看到的碗葱跟童年窗台上现"鲎"时一个样，这样的心情，自在语言之外。

和尚山

　　四季山下的田地像"和尚"穿着的百衲衣，支离破碎又青青绿绿。秋后的白地是灰色的，初冬必有霜，和尚山这时才像一个素服危坐的和尚。

　　和尚山每年长柴每年砍。深秋，柴草被砍得剃过似的干净，和尚山就更像和尚。

　　和尚山的柴草其实只有上半山至山顶部分有，村民把长柴的山头叫"和尚头"，"和尚头"一年"剃"一次。山腰和山脚都是旱地，种有各式作物。"春花"是蚕豆、油菜和麦，夏季种番茄，又在番茄地里间种芝麻、绿豆和豇豆。豇豆是很有意思的豆，带荚摘了来，用棉纱线扎成十几枚一捆，煮饭时蒸在饭锅里，豆有饭香，饭有豆香。豇豆带壳嚼着吃，非常有滋味。

　　采豆在初秋，黄昏上山去采豆，还是会汗流浃背。

　　四季山下的田地像"和尚"穿着的百衲衣，支离破碎又青青绿绿。秋后的白地是灰色的，初冬必有霜，和尚山这时才像一个素服危坐的和尚。

山顶多长山荷叶，丛生乱石缝中，山荷叶丛中常有山蛙跳出来，颜色与山荷叶一样墨绿。没乱石的地方长满蕨，蕨在荒村叫狼稷。荒村最有"文化"的一句俗语是："风吹山顶动，动动狼稷；海底石头烂，烂烂苔衣。"狼稷成片长，山中行，人常会被狼稷拦住去路。狼稷连绵时，杂草不生。野猪喜欢在狼稷丛里做窝，野猪打一个滚就是一个窝。只要大胆，人躺向狼稷丛，压倒的狼稷也像软实的窝。蕨的嫩芽可做菜，初芽盘卷如蚊香，沥去苦汁才可食。蕨根含淀粉，也可充饥，野猪常掘蕨的根，嚼起来"生生"作响。砍柴人碰到狼稷很扫兴，一大担狼稷轻如鸿毛，当柴烧起来，灶洞里"红"一下，就成了灰。

和尚山上有马尾松，松针在山风中呼呼撼得山"晃动"。刀砍过的伤枝上有松香凝脂，据说许多年后就会变琥珀。松香是伤药，治跌伤有特效，只是服过松香，以后其他伤药都会无效。我们采过许多松香埋在和尚山，不知如今都成琥珀了没有。

我舅舅有一年在和尚山下的地里种了一片西瓜，又在瓜地的旁边搭了一个管西瓜的草庵，我曾在白天帮着管过西瓜。昼午虫鸣草懒，瓜叶藤蔓都是蔫的，瓜都露出来，翠生生的，卧在草丛里，圆得惹眼。瓜藤如绳，一个合抱的西瓜坐窝，要"养"出来，也是不易的。

清晨山下的露水特别重，瓜地豆棚都湿漉漉，水土养人就觉着是清楚可见的。两三株石榴花在青青绿绿的早晨突然红了，岁月犹如被惊醒了一般。

和尚趺跏坐，和尚山也是。地域形胜的名，叫久了是会有灵气的，和尚山不出和尚，只家家户户大都生男孩。

和尚山下的人家多养猫，一色的家猫。猫夜叫，叫得人做的梦都是噩梦。我曾梦见和尚山站了起来，扭头慢慢地走了，走时，山的背影是熟悉的。

寒 溪

我曾在溪边洗菜,提着菜篮到上游,把菜倒在溪里,人赶到下游坐着等。菜从溪上漂下来,就一片一片地捡到竹篮里。这样洗菜古今没有,我从小便被证实是懒人。

与白石街并行的有一条溪,两三丈开阔,一丈来深。平日里溪水浅浅地流在溪底,盖过卵石三五寸,流水咕咚咕咚的声音如呜咽,但跳动的水花是轻快欢乐的。这溪流长且蜿蜒,溪边多村舍,偶尔是田陌,溪上架石桥,桥头都会有大树。大树与桥头好像是天生默契,而桥头一般也是村口。村口有古木婆娑,阴晴雨雪都有气象。清晨溪中水汽弥漫,白雾似练如纱,这时寒鸡啼,家家炊烟袅袅,溪头有人淘米洗菜,桥上狗猫追逐。

偶尔溪边的花开就很入目,二三月是桃李,四五月是梧桐,至深秋是红柿挂枝头。还有一种雪里红,是柚子的一种,青皮时极酸,等霜降后,果子蜡黄,果肉金红色,沉沉的香,味甜如蜜。雪里红在树上坐果等大雪后,是良药,所以一般都留着,熟了也不摘。雪里红的树四季青枝绿叶,冬深更苍翠,又有橙黄的果子挂满树,在冬天就特别有意味。

溪边田舍还有一种植物是棕榈。棕榈长大时裸干上会长"衣"，棕丝经纬如织，厚厚地包裹着树干，于是就年年被人一圈一圈地剥去，可做棕绳。棕绳绷棕棚，从前家家户户当作床板，睡上去有弹性。再有一种用途是做蓑衣，荒村的蓑衣厚实，春雨时节，田野上春耕，农家就穿着这种暗旧棕色的厚蓑衣扬鞭赶牛，避雨又避寒。

而溪边田园的菜蔬则四季都有，瓜棚豆地青青绿绿，开四季花，结四季果。滋润它们的都是这常年的溪水。溪水是活水，上游下游都是一样的清澈。爱干净的人家喜欢天蒙蒙亮就去溪头洗吃的，溪边的人明白，一夜长流后的溪水最纯净。

到雨季，溪水溢桥头，溪边的垂柳拂得着水面，声响也是咆哮的，竹笆树根都会从上游漂来，有时还浮着冬瓜和南瓜。大约每年初秋时节，大水白浊，洗去一年溪中污浊。大水后的溪则很干净，连溪底的石子都被翻了新。我便顺溪翻拣瓷片碎陶。破瓷片有古旧的花纹，有人有树有花，常令人凝神而思。

冬冷水弱时，大雪过后溪床最洁白，可以溯溪往上走，在溪谷追斑鸠，虽然追不到，人被哄着一直往深处去，五六里路后，到山谷中，杂木纵横，就是溪的源头了。这山谷叫寺坑，坑深又是一千多米。山峦叠起，都是青松翠竹，在寒色里是凝重的绿。

我曾在溪边洗菜，提着菜篮到上游，把菜倒在溪里，人赶到下游坐着等。菜从溪上漂下来，就一片一片地捡到竹篮里。这样洗菜古今没有，我从小便被证实是懒人。

屋 漏

  有一年的一个大雨之夜，溪水暴涨，连屋里的凳子都浮起，人就坐在木桶里，手秉着烛火，浮着，等风雨退去。

  夜里下大雨，听得见溪水在涨。风撞着乱石墙，雨滴被狂风吹得在木门上开花。雨声一阵阵压着屋顶，檐水从瓦当中小河一样往下淌，门檐变成了流苏似的水帘，落在阶沿口哗啦啦地飞溅。

  麻雀喜欢在石墙石缝的空洞里筑巢。石墙的墙基在水里泡着，如果大风大雨这样下上一昼夜，乱石墙就会轰然倒塌。山墙本来是黄泥嵌缝的，因为常年的雨涤风刷，看上去就像光光的石头垒起。壁立的石头墙面变了形，凹凸不平，麻雀躲在这样的危墙里面避风雨，惆怅地卧巢上，黑灯瞎火里，躲风雨如磐。

  爬山虎最喜欢爬这样的墙。爬山虎会在冬天枯凋，秋冬，看上去像是一堵墙都在落叶，春夏新叶又从旧藤中长出，这样年复一年，石缝里会爬满纵横层叠的藤，整堵墙被藤络着，风雨中就仿佛很牢靠的样子。如果新墙刚砌，初来的爬山虎爬在墙上，就像树影，扁平如纸的叶，非常绿。大雨里爬山虎使劲地贴着墙，每片叶子都挡着雨，雨是唰唰唰地劈头盖脸，暴涨的溪水漫到了路上。

大人便默不作声，小孩子躲在床帐里，身上披着毯子，灯的光芒被风雨震得飘忽，竖着耳朵听大风大雨的声音，心思像风雨中汪洋里的浮舸，无可凭依。

屋瓦被风翻动，屋顶就开始漏雨，坛子、罐子、木桶，还有碗，都被用来接雨，满室叮叮咚咚的声音。漏雨出其不意地下来，有的顺着屋梁爬如虫迹，有的凝成一滴悬着，悬不牢时倏地掉下，跌在人身上。这时，屋里屋外都是声音，各种各样水的声音。屋外如叫如喊，屋里如泣如诉。如果溪水涨上来，涨到门外，水就溢进来，放在地上接漏水的盆碗会漂移，这时就只好东躲西挪找干爽的地方安身。

雨季，每年都要发大水，也叫作"风水"。

有一年的一个大雨之夜，溪水暴涨，连屋里的凳子都浮起，人就坐在木桶里，手秉着烛火，浮着，等风雨退去。

清水池塘

  我祖父死在海里，所以我的祖坟要么是鱼腹，要么就是海。据说祖父很矫健，善跳跃，就有人夸他会"飞"。日子一久他就真以为他会飞。

  我祖父死在海里，所以我的祖坟要么是鱼腹，要么就是海。我祖父死的时候很年轻。有一年夏天，他不再赌了，把田地和房屋都抵上，买了一条船。船是木船，迎风使舵挂篷帆。据说祖父很矫健，善跳跃，就有人夸他会"飞"。日子一久他就真以为他会飞。船过中街山，水路去上海要七天七夜，崇明岛外遇了大风，靠不拢岸，他站在船头焦急。陆地在三四丈以外，他就"飞"，飞到半途折翅似的，"哐当"落了海里。后来船搁浅，其他人皆平安，就只没了他一个。我祖父的死法一直被人唠叨，好多人都不解。

  做人真是不容易。我会在海水的荡漾中深思，那里有我祖父的意气。

  海岛都是水，水天澹澹，蔚蓝就是凉爽，海风便是凉爽的。海岛的小孩很少不会游泳，我就是其中的一个。我是遇水则沉的人。

我与水无缘。山塘、水库、溪都是淡水，这些淡水，清静而碧。我无数次跳到水里去，都是石头一样沉，窒息，于是被人勒令不得近水，自己也与水有了隔阂。

打一盆清水，把头脸没入，沉浸。世界都是闷的，心神就混沌。后来我就喝水解恨，一口一口地喝，生吞。有一次冷水喝了八碗，蹲着，直不起腰身。到如今每天都要喝大约五热水瓶水，而上厕所每天只要三趟。前几日还有人不信，就试给他看。

这就像有人天生哑巴，与说话无缘。人与水无缘，下辈子就做不了鱼。

我母亲对我小时候顽劣的惩罚，就是提了我的双脚假装要往井里扔。有一次倒悬着，头都入了井口，因为挣扎，她提脚的手被我挣脱，人就真个儿落入井中。那入水的一瞬，我是闭了眼的，但"扑通"由我亲身制造，自己却听不见。被七手八脚地捞上来，已是喝够了水，就闭着眼装死。这次装死的结果是我父亲把我母亲打了一顿。我是独子，我真淹死，那会断他们方家的香火。如果那次是我姐被扔到井里，我父亲是不会打我母亲的。

一个清水池塘，在山上，松林里。池塘是圆的，院子大小，是一塘静水，池塘边芳草鲜美。当时是初夏，那年我七岁，我与表兄去塘边草丛里摸螺蛳。螺蛳的摸法是：砍一叶如扇的棕榈叶，没水放置池边，人静候。许久后，螺蛳会爬到棕叶上。棕叶遍池塘岸，人梭巡着去收获。这样的广种薄收，比下水胡乱摸索要容易。

那天螺蛳多，慌乱间，我失足掉到了山塘里，入水无声，表兄回头不见了我，惊恐地叫我名字。我是要沉的，我已在水底。我听不见他叫我，听见也无从回应。表兄就去树林里乱找，留下我一个人在池塘的水底。

我站着，脚下是沙砾，闭眼又憋气。双手展开来，保持平衡。就这样缓缓地走，朝一个方向走，走得极飘忽。我明白，池塘不大，能走到岸边去。沉闷而黝黑中，行走时耳边有水声，好像还有山下人家的人声和鸡鸣。仿佛时空凝滞，现在想起来有心跳声，像在母亲的子宫里，又像极幽灵。我为什么不是鱼呢？

表兄寻不着我，坐在池塘边哭，突然看见我从池塘里稀里哗啦地走上来，以为是水鬼，吓得号啕而逃。那心肝俱裂的恐怖，是我出水后第一眼看见的人世，我被感染得自己也心肝俱裂。这时才怕了，怕得蹲在池塘边瑟瑟发抖，浑身是水，脸色是茄紫的。

清水池塘底漫长的行走其实是片刻，而我一直觉得走了很多路，差一步就是无限。想起来清楚如刚才发生的。这情景一直记着，与新婚第一次、我女儿出生等场景一样深刻。做人做到后来，记忆中那些未漏的，应该都是这样的慌乱。

隔着水

　　小孩与大人是两个世界里的人，男人和女人也是两个世界里的人。世界是有格子的，不能相互逾越，比如鱼在水里，鸟在空中，蚯蚓在泥土里。

　　小孩与大人是两个世界里的人，男人和女人也是两个世界里的人。世界是有格子的，不能相互逾越，比如鱼在水里，鸟在空中，蚯蚓在泥土里。花粉的爹会提起你的一只耳朵看你被提起来时手脚的动作以及嘴眼歪斜的状态，说是以此能称出你像什么。

　　花粉被他提起来，手脚都会缩，脸通红，头侧向一边，如卧枕上的样子，耳朵是向上的，索性闭了眼睛。大平被提起来，提的是耳朵歪的是嘴，脚只缩一只，另一只脚跳着，夸张地号叫。我像猴子，攀住花粉爹的手臂，用脚缠住他的腰身……立夏吃过鸡蛋，小孩子用大秤称一次，双手攀在秤钩里。手臂粗的秤杆是檀木，钉着银白色的秤星，秤砣头一样大，铁做的。花粉爹称我们不是称重量，他称我们的秉性。他提耳朵，并不会把我们拎得双脚离地。他把我们的耳朵提过一遍，认为花粉是鱼，大平是螃蟹，我是蛇。

这个你要相信。鱼、螃蟹和蛇，都是在水里的，螃蟹与蛇地上也可以走动，只有鱼需要一直在水里。花粉是鱼，鱼不能爬到岸上来，鱼永远要在水中，水浊水清，就是鱼的天空。小溪的水一直是清的，游鱼也会找阴凉的地方，桥下的鱼就多。花粉喜欢石桥下的溪埠头，花粉在石桥下的溪埠头上蹲着洗鞋，人小小的。

穿梅红衣服的花粉，这样蹲在溪边，远看像一滴暗红色的雨滴。花粉很喜欢雨滴，说不定花粉真是鱼。对鱼来说雨滴是什么？我们常看见下雨的时候小鱼到水面来抢雨，大口大口地吃着雨滴。接下来我产生的联想很奇怪——雨滴就是鱼的灵魂。荷叶上的水珠子据说像灵魂，雨滴也是水珠子，无数的雨滴落在水里，是无数灵魂。鱼纷纷来抢，鱼就有了灵魂。

溪水一寸寸浅下去，溪石裸露出来。水沿着石缝钻，翻起一块溪石。石头下会躲藏几种活物，如果是泥鳅，会乘势打一个滚，搅起一些泥沙，然后逃遁。一般是小小的溪蟹，溪蟹把自己压在石头底下，没有了石头，它就会吹泡。溪底会有大量的瓷片，这些各种各样的瓷片已经被水冲得没有了刃。碎瓷片的花纹很古旧，看上去像是被水洗模糊了一般。比较好看的是碗底，圆的。鱼被赶到溪水转弯处的深潭里，那是十分拥挤的地方。在溪水里捉到一条鱼，比做一个好梦还要好，可以养在厨房的水缸里。鱼在水缸里也是安心的，它知道这是一口缸，不会以为这是一条溪。

冷 雨

　　火锅沸着，滚烫的老酒，有酒客满面通红地靠门坐，兴高采烈地吹牛，替桌子挡风。岁末年根，这样的去处很多。捧手炉，生暖气，温暖只在身外，喝酒可以热身。身心俱热的办法是吵架、做火辣的事情，肆意狂野……

　　做人的冰冷从脚底开始，冷雨的冷从天上下来。
　　天一下这样的冷雨，我就想吃油条、豆浆。油条、豆浆好像应当是冬天里的食物。不下雪光下雨，小街和街边的店铺都在湿湿的阴冷中。雨是黏身的，天色很混浊，这情景像是日子旧了。豆浆店热气腾腾，油条在锅里吱吱地叫。酒能御寒，辣也能御寒，火炉子炖菜头也能御寒。南方的冬天是湿冷，但冬草碧绿，在石阶上、墙头上。
　　御寒穿衣不及吃，必须冷雨夹风地从门外扬进来，火锅沸着，滚烫的老酒，有酒客满面通红地靠门坐，兴高采烈地吹牛，替桌子挡风。岁末年根，这样的去处很多。
　　冬天冷雨不出门，围着一塘火用极辣的辣子炖野味，开心地围着缸灶取火。桃生把生肉在火上烤，烤熟塞过来，咬一口就一大口酒下肚，有滋味的。旧屋倒掉后，屋就可以一把火点着了，那是少见的热闹。只有房子着火才会有火鸦，一朵火隔空飞向另一栋屋，我是看见过的，风依旧是寒风，雨仍然是冷雨，热烈的场面扑面，惊恐中看得热血沸腾。

缸灶就是缸的下部砸一个口，上面坐一只大锅。烧缸灶是贬义词，一般是懒汉的作为，有破败相。烧缸灶最配的是劈家具作柴，这样懒与破败就发挥到了头。这样的人事都有，还都能想得出面容来，有忧色，灶火映着时红光满面。烟花虽是对真热烈的假冒，但成本一点都不比烧房子低。捧手炉，生暖气，温暖只在身外，喝酒可以热身。身心俱热的办法是吵架、做火辣的事情，肆意狂野……

山 色

　　海水终归是海水，可以心冷，可以目满，可以做很远的苦涩想，倘若海天有了山色，就觉得并非深处。

　　秋后山色屏立，海岛的山入海，山色也澹澹入海。我对树木极熟悉，对石头也是。寻常之间，树林的绿与岩石的白，明显有各自的色块，远看就化在了一起。颜色是有老嫩的，远看山，颜色苍老，又细致干净。

　　苍茫简单，只一种意思在那里。海水终归是海水，可以心冷，可以目满，可以做很远的苦涩想，倘若海天有了山色，就觉得并非深处。吾乡有俚语：风吹山顶动，动动狼稷；海底石头烂，烂烂青衣。青衣是青苔，海底的青苔不仅丰茂，味道也很鲜美。狼稷是蕨，海岛的山上多蕨，风吹而蕨动。

　　海岛多野菊，黄蓝两种，在枯草边一大片，黄色的有菊艾香，蓝色的没有。春色里有杜鹃，有野生水仙，有只闻得到香觅不见影的兰草，当然还有雪白的野栀子。这些都在近处，在眼前。海岛的山头是天际线勾勒出来的，天际线又连着海平线，笔触轻逸，但又无可言说地安静。

　　山色新绿始，及至浓绿厚重，及至树色斑驳，及至红叶染目，四时雄浑，山色在不经意间次第变换，忽一日静对，历历寓目。山色归于黛，那种云纹水迹的含意，要远看，可以在深秋，落日以后。

　　初秋的绿是乡间的槿树篱笆，最早的秋意是槿树花。

寒意与闲冬

  一个人一生里做事真正能成的时候其实很少，决定你目前状态的作为所用时间，一生加起来不会超过一天。许多念叨着要奋发努力的人，以及珍惜光阴这样的说法，都是骗你。如果他真是一刻不闲着的人，大多是心急之下的瞎折腾。

  雨夹雪，地上已经泥泞了。湿的意思到处都是，天暗下来，暗也是湿的。
  枯枝上挂着水滴，珠一般，银亮地凝思。雾霭在山脚下安静着，山苍老得似有了白发，云涂抹在山顶的高处，灰暗得十分含糊。
  光杆的枣树，长满了尖尖的骨刺，高瘦地站在路边，没有一丝表情，顶着一树冥色。
  一只老鸭落在路边，正在赶路，翻着白眼嘎嘎地回家，急切得好笑。篱笆说：老鸭，这家不回也罢。
  雨中没有雨声，村子静落在烟雨里。

秋天沉重如山，入冬才稍微喘过气来。心情随着季节走，对节气物候异常敏感，像会落叶的植物。冬天勇气尽失，畏寒，收敛着，纳袖，闲坐，出神。有人评判说：底子是老实的。自己也知道一年中到了冬天，晦雨、黄叶满阶的日子，便不出门，不做事，老实底子显现，神情木讷。

一个人一生里做事真正能成的时候其实很少，决定你目前状态的作为所用的时间，一生加起来不会超过一天。许多念叨着要奋发努力的人，以及珍惜光阴这样的说法，都是骗你。如果他真是一刻不闲着的人，大多是心急之下的瞎折腾。人大多数时候根本就不必时时刻刻努力，浅水里淹不死人。

图书在版编目（CIP）数据

人间天真 / 花如掌灯著. —西安：太白文艺出版社，2019.3
ISBN 978-7-5513-1596-8

Ⅰ.①人… Ⅱ.①花… Ⅲ.①散文集-中国-当代 Ⅳ.①I267

中国版本图书馆 CIP 数据核字（2019）第 002324 号

人间天真
RENJIAN TIANZHEN

作　者	花如掌灯
责任编辑	马凤霞　彭　雯
特约编辑	宗珊珊
整体设计	Metis 灵动视线
出版发行	陕西新华出版传媒集团
	太白文艺出版社（西安市曲江新区登高路1388号　710061）
	太白文艺出版社发行：029-87277748
经　销	新华书店
印　刷	三河市延凤印装有限公司
开　本	640mm×960mm　1/16
字　数	190千字
印　张	18.5
版　次	2019年3月第1版　2019年3月第1次印刷
书　号	ISBN 978-7-5513-1596-8
定　价	29.80元

版权所有　翻印必究
如有印装质量问题，可寄出版社印制部调换
联系电话：029-87250869